木兰溪

倪伟李 著

海峡出版发行集团
海峡文艺出版社

图书在版编目(CIP)数据

木兰溪/倪伟李著. －福州:海峡文艺出版社,2021.2
(2021.9 重印)
ISBN 978-7-5550-2574-0

Ⅰ.①木… Ⅱ.①倪… Ⅲ.①诗集－中国－当代
Ⅳ.①I227

中国版本图书馆 CIP 数据核字(2021)第 030888 号

木兰溪

倪伟李 著

责任编辑 刘徐霖
出版发行 海峡文艺出版社
经　　销 福建新华发行(集团)有限责任公司
社　　址 福州市东水路 76 号 14 层　　**邮编** 350001
发 行 部 0591－87536797
印　　刷 福州万紫千红印刷有限公司　　**邮编** 350013
地　　址 福建省福州市闽侯县南屿镇高岐村安里 6 号
开　　本 889 毫米×1194 毫米　1/32
字　　数 300 千字
印　　张 7.625
版　　次 2021 年 2 月第 1 版
印　　次 2021 年 9 月第 2 次印刷
书　　号 ISBN 978-7-5550-2574-0
定　　价 39.80 元

如发现印装质量问题,请寄承印厂调换

谨以此书

礼献中国共产党成立 100 周年

序

时代精神的诗意表达

曾元沧

作为莆田的母亲河，木兰溪不但拥有着融汇百川、奔流入海的顽强精神，也有着劈岩破山、润乳平原的慈悲情怀。正是她所散发出的强大的精神力量鼓舞着一代又一代莆阳人不畏艰险，奋勇开拓。

她是情感的载体，是人们一种精神上的寄托，具有强大的心灵感染力和亲和力。她的兼容并蓄、勇于奉献的品格与气节完美彰显了"文献名邦""海滨邹鲁"的精气神。

1

千百年来，她绵延不绝地流进了莆仙人民的心中，滋养了一段又一段佳话和传奇……

"他虽然不必通身是胆，也得有斗大的胆"，倪伟李身为莆田人，以一颗对诗歌朝圣般的热忱之心，呕心沥血地创作《木兰溪》诗集，彰显了一种巨大的勇气和胆量。千百年来，描写木兰溪、歌咏木兰溪的诗层出不穷，数不胜数，但是像倪伟李这样一写就是一本，在莆田还是头一遭，其中的艰辛可想而知。这是莆田市首部以诗歌形式讴歌母亲河木兰溪的主题诗集。"没有人不愿意作出美好的诗篇——即使他缺乏才情"，倪伟李用他的才情，用他的真情感、真性情，为我们描绘了一部关于木兰溪的宏大诗篇，他埋头苦写3300行，用优美而诚挚的诗句践行"生态文明思想"，探索文学的崭新之旅。

木兰溪对莆田的特殊意义是显而易见的。从"谈洪色变"到"人水和谐"生态新图景，木兰溪见证了一座城市、一个流域在中国共产党领导下的沧桑巨变。1999年，是改变木兰溪这一莆田"母亲河"的历史性时刻。

时任福建省委副书记、代省长的习近平同志亲自擘画、亲自推动了木兰溪整治工程。1999 年 12 月 27 日，习近平同志在福建省冬春修水利建设的义务劳动现场说："今天是木兰溪下游防洪工程开工的一天，我们来这里参加劳动，目的是推动整个冬春修水利掀起一个高潮，支持木兰溪改造工程的建设，使木兰溪今后变害为利、造福人民。"木兰溪治理，是新中国水利史上"变害为利、造福人民"的生动实践。

基于这样的背景，倪伟李创作了《木兰溪》诗集，他用富有诗意的语言，表达了对于母亲河的热爱，字里行间无不显露着震撼人心的力量，在每一章诗句的结尾处仿佛都蕴藏着随时奔涌而出的激情，令人读之心潮澎湃，令人生发阵阵的感动。这种情感是真切的，是可以鼓舞人心的，在他细腻的文笔下，一幅关于木兰溪历史的辉煌画卷在我们眼前呈现开来。通过他的文字，木兰溪的前世今生一览无余。在这里，木兰溪已然成了一条线索，串起了莆田的人文和历史，更是串起了一种精神之美和生态之美。与其说，这是一首溪流的赞歌，更不如说它是一支溪流的交响曲，里面包罗万象，气象万千，当你深入地阅读，你会发现里面掺入了众多元素，他用他的诗情，将它们一一串联起来，这是这部作品的奇崛和与众不同的地方。"水，如何成形，如何凝聚，如何由弱到强/都是我们要精心研修的一门课程/千年来，你携带着一颗怎样的心/一次次穿越我的村庄，穿越黑夜的院落/穿越群山的包围圈/即使流动在浊流之中，也不改本色/即使面对礁石与险壑，你的意志也从未屈从"，在这里，他把一条溪写活了，写生动了，写出了神采和风韵，这条溪"不断地向岸和时光掷出回响"，并"用生命唱出了对这个时代最伟大的赞歌"，当"星星与黄昏降临在水波上"时，她还"教会了万物谦卑与勇敢"，书写得多么自然而深刻啊！这群"柔软的水，婉约的水，灵性的水，仁慈的水"，还"万分团结，心系彼此"，这些精彩的语句，活脱脱地把一个不一样的木兰溪形象展示了出来。

"水中，藏着我们共同的故乡/你激情澎湃的回响/正是游子们最热烈的心声""我为你的奔腾而高兴/你为我的再一次造访/而击缶，而泪流满面"，在这里，他打通了时空的通道，把溪流比喻成了家乡，一种直抒胸臆的乡情和乡愁跃然纸上，令人怦然"心动"。这些行云流水般的文字，在诗集中比比皆是，他用不一样的视角和想象力，为读者们呈现了一条诗意而美好的木兰溪。

《木兰溪》是时代的一个符号，是践行"生态文明思想"的一面旗帜，更是一篇能让我们感受到生态之美的序章，它打开了我们的想象，也打开了我们对于未来美好生活的期许。

当我们仰望星空时，一定不要忘记哺育我们的母亲河。生态保护是人类生活的另一片天，做好这篇文章，任重道远，功在当代，利在千秋。治理木兰溪，就是传承一种精神，一种敢作敢为、勇于担当、坚韧不拔的精神。把这种精神汇聚在一起，就能形成一种合力，帮助人们战胜诸多困难。

木兰溪散发出的光芒，是一笔莫大的精神财富，她必将鼓舞一代又一代的莆田人民迈向更加灿烂多彩的明天。

从某种意义上来说，《木兰溪》是时代精神的一种诗意表达。是为序。

（本文作者系曾元沧，莆田人，毕业于复旦大学新闻系。先后供职于《青年报》和《新民晚报》，首席记者，高级编辑。中国散文学会会员，中国作家协会会员。其散文《桂圆情》曾被选入中学语文教材。《唐诗今译三百首（新编）》，由其一人选编并译白。郭风先生曾为其作品题词"真情感人"。）

目录

序章：这是一条有信仰的河流

我在《仙游县志》里打探着你的地址

我在仙游山上，找寻着有关你的点点滴滴

从一汪泉水，到汇纳百川

从涓涓细流，到奔涌入海

从一支小小的水之部队

到汇集了 360 涧的溪流军团

你经历了怎样的艰难险阻

你的胸中藏着怎样的雄心壮志和远大的抱负

是怎样的坚韧和执着

木兰溪

缔造了你一往无前的决心和信念

古老的石塔将你的名字捧在掌心

一座座山为你露出美丽的笑靥

一张张历史的面孔

与你一一打过照面

你日日向前奔腾，又夜夜回归到我们的梦里

你有着一个特殊的身份——母亲河

你让我们在晨曦里看到朝气、蓬勃

你让我们在落日里看到成熟、绚烂

你让我们在暮色里

看到火焰、玫瑰与灯盏

你用你的爱抚慰着

我们心中的每一道褶皱和折痕

是你让我们学会了柔软、倾听、拼搏、互爱

是你给我们上了一堂堂生动有趣的课程

是你让我们知道了星星之火，可以燎原

序章

是你让我们知道了，自身的弱小并不可怕

但不能放弃自己心空的星辰和明月

是你将迷惘、困顿中的我营救

是你用清脆的嗓音

唤醒了一颗颗丢失的初心

我们接受着你的爱抚、滋润

我们聆听着你的教诲，记住了每一张岸的面容

你淙淙往前，你用你的澄澈和纯净

滋养了我们的灵魂和肉身

是你让春天一如既往地发芽

是你把季节的五彩斑斓

搬进了我们的世界

泥土里，有你的光和热

清澈的海水里，有你贡献的点滴力量

水的学子们在我们内心的舞台上

进行着一场场大合唱

你回应着我们在夜晚的孤独

木兰溪

你让我们相信，你时刻都在我们的身边

你是生命的光芒，是你告诉了我们

如何创造希望

是你将精神的财富

从你的银行账户里提取，并分发给我们

你排练着一场场水的舞蹈

你把深邃而丰富的内容，展示在我们的面前

你理解溪床与堤岸的落差

你把探向水面的枝条，都当成了自己的子嗣

你一如既往地爱着莆阳的风土人情

爱着每一抹余晖，爱着每一株芦苇

你穿过高山峡谷，穿过泥沙，穿过沟壑

穿过每一把钥匙，穿过每一个词语

你拾捡着我们的记忆和回声，并一一归还于我们

你激活了我们心里的自强、自信、自立

你让我们遇到了

序章

民生的森林、理想的沧海、爱的梯田

你保守着世间万物的秘密

你洗濯去了我们心里的污垢和尘埃

你翻开了一页页厚重的历史，你喂养出了

这一片美丽、富饶的鱼米之乡

你是我们的血亲

你托举起了莆田灿烂的文明

这是一条有梦想的河流

这是一条为大众谋福祉的河流

这是一条发自本土

又为我们指引未来的大河、大江、大溪

你带着勤劳智慧的兴化儿女

奔向远方，奔向富裕，奔向幸福

你深情地拥抱着我们

我们是你的一分子，是向你汇聚的一条条水流

木兰溪

这是一条有信仰、有担当、有情怀的河流

我们的故园在你的背后流光溢彩

我们的翠绿在你的身后生机盎然

你擦亮了植被和丘陵

擦亮了这座千年古城的名片

泥沙复述着水利史，石条朗读着厚厚的地质学

你将一封封水的梦想往远方投递

你让我们的锋芒有了试露的机会

这是一条一心为民的河流

你为我们倾注了满腔的热血

我们在你的哺育下，茁壮成长，走向了四面八方

我们的身上复制着你的精气神

你在我们的体内，蜿蜒盘绕

我们带着你的光，奔向五湖四海

迈向一个又一个高地

莆田是我们共同的家园

你是我们美丽的母亲河

序章

这是一条有故事的河流

这是一条环绕在史册里千百年的河流

这是一条独立、民主、富强的河流

这是一条发源于仙游县西苑乡仙西村黄坑头的河流

这是一条与时俱进背负时代使命的河流

这是一条将"人民"两个字紧攥在心间的河流

你向我们涌来

一朵朵水花,如同你抛给我们的橄榄枝

我们向你走去

我们从一个个不同的方向,朝你飞奔而来

我们多么像久别重逢的母子

我们多么像一起追梦的少年

你依然年轻,依然富有活力,依然激情澎湃

你是我们源源不断的力量

这是一条有信仰的河流

是千千万万水滴的故乡,你承载过去,连接未来

木兰溪

大海上铺满了你的履印

天空链接着你的梦

一片片绚烂无比的红霞，是你盖下的邮戳

家园

没有一条溪流，能像你这样，在我的体内

悄无声息地奔腾了多年

没有一种水流的声音，能日夜在我的纸张上

诉说远方、梦想、光芒与大爱

我在你的身上，刻下时间的长度

我在一张张水的面孔上

找寻一帧帧最初的影像

我在你的鬓发间，触摸到岩石硬化的记忆

木兰溪

宽阔的溪床上

每一粒沙石都是你刻下的印章

千年的风，穿过你的身躯

修出了你曼妙的身影

银白色的梦，像冬天的一场雪

覆盖在你的文献资料上

春雨，滋润了你的理想

夏花，点缀了你的发梢

秋叶，装饰了你的水镜

冬霜，锤炼了你的筋骨

当我平视你时

我已无法抑制住心中汹涌的潮水

我把你的往事，从时光的沟沟壑壑里捞出

你触摸着我的每一寸肌肤和纹理

你抚摩着我的明疤、暗斑和泥土

你要在高山、平原、田野、乡村，都敲出花朵来

你像一列行驶的火车，载着希冀往前奔跑

2

家园

没有什么能让你的脚步停下来

日复一日的奔波成为了你生活的全部

你追逐光明，但也从未惧怕走夜路

一盏钱四娘的灯，像一轮永不褪色的太阳

照亮了你心中的每一个夯见

莆仙的方言，描述着你最亲切的面容

一张张古老的书页里

有你的苦难、抗争、不屈、坚强

你养育了水稻、良田、青山

滋养了辉煌而灿烂的文化

我想用最炽热的心爱你

我想用最诚挚的语言歌颂你

我甚至听见了你最古老的发音

你从远处奔腾而来，你哗哗的水声

化成了我心中最纯净的情感

你默默地奔流着，你有一颗义无反顾的心

木兰溪

你把一封长信，从远古写到现在

那些燃烧的梦想，穿过雾凇、暮霭，穿过

高原、荒漠，穿过桃木、枫叶

以最火热的方式，迎接我们

一只又一只白鹭，像云朵一样，在你的面前

飞翔。它们把远逝的名字

一一衔起。你的心中

站着一个永不屈服的莆阳

万顷碧波，捧出爱、豁达、奉献

你接纳着兴衰荣辱，你把破败与荒芜一一归整

你在月光里留下我爱你的证据

你像是我铺着的一张最柔软的草席

你的慈爱，布满了我的昨天和今天

你和我一起探讨黎明与黄昏

你把波浪，安放在我的枕头上，你为我写下的

每一句诗，都有着一种无法言喻的力量

你让我感到充实、自由

你像光一样，把我辨认，并为我

家园

拨开新的方向

有时，我看见你眼里闪着泪花

像是一颗颗隐匿的星星在默默发光

如今，我在你的教室里，学习水的语法

练习水的发音

我和你步调一致，朝一个共同的远方行进

两岸的树，叶子质地、光照不同

但有着相同的信仰，有着崇高的理想

你运走了一些水滴的愿望

你将绿色的风景请到了水面上

你精心打造着我们共同的家园

在这里，我们能找到你的血型、性格和身世

"木兰春涨"是你献给我们的礼物

你潺潺流淌的身影，像是在给一座城敬礼

乡愁

水是你的交响乐

今天，我站在你的堤岸上

观看着这场盛大的音乐演出

恢弘的舞台，绚丽的灯光

它们从我的身体里一一搬出

此时，我是一个远行归来的游子

此刻，我是一个跋涉千里的追梦者

水凝聚成形，又四处散开

你的平静，你的大度，你的睿智

乡愁

你的不慌不忙，成为了我生命的航标灯

千千万万的水滴在我的目光里

只有一个固定的方向

——远方

此时，我多想打开你神秘的身体

打开你暗藏在水底的能量

大山因你而厚重，你的光辉是

藏在我们心里的琥珀

有时，我会看见你在优雅地沉睡

有时，我会看见你穿过黎明的薄雾

像一条美丽的碧带

系在莆阳的腰间

有时，你是一弯新月

你将一个个夜晚

训练成了长跑健将

有时，你提着月光的旅行箱

一路孤独地向前奔跑

7

木兰溪

有时，你是我们身体里的某种元素

有时，你是一条粗壮的长绳

拴住我们每一段成长的记忆

你会谙记那些被我们忽略或者忘记的事物

我们走向你，就是走进一种荣耀

那些幽深的秘密，在溪底下闪着微弱的光

在落雨时节，在大水涌来之际

你一次次被另一个自己疏浚

你的水槽里积下的污物与腐叶

正被时光一一清理、倾倒

故乡的沙粒，正在你的世界，发光

有时，你也会引发一场泪腺与泪腺之间的战争

而飞离而去的只是寻找谷粒的雀鸟

它们岂能知晓

这群溪水的理想

大海，苍茫，辽阔，又岂是

路边的水洼与目光短浅的小水渠

乡愁

所能望见

穿过泥泞的路

穿过每一个寒暑交替的季节

你不顾一切地奔腾、延伸

你的胸中澎湃的是

永不退缩、勇往直前的信念

有时，风会把玉米的白须一茬茬地修剪

有时，你会把田垄的梦

一一滋润。你在我的内心深处

不时地泛着微澜

朝霞为你拍照，晚霞在你的脸上留下艳彩

你倾泻出来的美

抬高着我们年少的心事

托起我们一生的轨迹

你走的是一条曲折而绵长的路

你和岁月、命运有过一次又一次的交锋

木兰溪

每次我在雾岚中遇见你

总会看见你在用力拧着一条条湿漉漉的乡愁

当你哗啦啦地从我身边穿过时

我听见的何尝不是你幸福的俚歌

有时，你是村庄快乐的源泉

有时，你是无数水滴的舞台

有时，你是一条山的玉带

当我将往事投掷于水中时

你总是默默承受着我的痛苦和磨难

溪的深度，就是人生的深度

记忆

你从源头潺潺而来

大山里的翠绿，烘托出你的澄澈

你的筋骨，柔软而有力

你的耳朵能听见历史沉重的呼吸声

你是它的见证者

莆阳城的脉络，在你的面前清晰可见

古老的夕阳，是冲锋的将军

满地的泥土，是守护家园的卫士

木兰溪

那些无法被赦免的忧伤

在你的溪床上，激起一片片波澜

它们无声无息，裸露着最原始的苦难

一只船远去，又一只舟到来

水面上的影，是云朵刚刚修筑的房子

当你流泪时，天空就会伸出双手

将你轻轻拥抱

它会用它的蓝，消解你的委屈

它会用它的辽阔，稀释你的疼痛

有时，你水静波平

有时，你顺势而下

不管你以怎样的方式生活

你的精神都保持着一种站立的姿势

在低处时，你蓄积力量，不卑不亢

在高处时，你含蓄内敛，蓄势待发

水波里，藏着你的威严

你锻打着自己的身躯

记忆

柔软无骨，却能与一场又一场

野蛮的风暴，一次次对抗

有时，回忆是一根针

它会把死去的光阴刺活

每一次的冲刷，都那么有力

与堤岸的碰撞，都能带给你心灵的剧痛

隐藏的忧悒

有时比明着的苦楚，更让人痛彻心扉

两岸的蒲草，记载着我的苦难

水底的石头

怎能知道一朵花盛开前的焦虑与期待

事物的美，浮于表面，又溃烂于现实中

一些树木的根留住了腥风血雨的时光

你的身上躺卧了一个又一个世纪

壶公山用倒影替代写信

仙游山为你打开一季又一季的风光

木兰溪

有时，面对手无寸铁的自己

有时，面对无能为力的自己

你要如何引渡一场灾难

那些受了损伤的记忆，如在枝头颤动的树叶

在风中留下了细微的声响

一些浓荫，覆盖着一座城最痛苦的回忆

透过一棵又一棵荔枝树

你抛洒一腔的热血，以一个革命者的气节

为我们谱写了一首又一首的

赞歌

决堤的日子已经远去

动荡的岁月，已经成为一本书籍上的

烟尘。当有水滴从你的脸颊上滴落时

我知道你又一次战胜了

寂静而又孤独的时光

当新一天的朝阳从你的镜面上

醒来时

记忆

我知道你依然辽阔，幸福，安详

一盏又一盏灯，种在了你的心里

你抹去寒冷、粗野

你以一种托举的姿态

把一种纯洁的水高高举起

你像一个国家

所有的鱼都是你的子民

你像一个母亲

所有的稻谷和草木都是你的孩子

硝烟

明朝的天空下

你以一种急流的形态叙述了

一场惊心动魄的战役

和一条河流的青春期一样

你经过了叛逆、挣扎、抗争、安静

一轮历史的残阳

将细节的光线，铺满溪面

平原的纸页上记录着你的流速和将士们的厮杀声

一种正义的胜利填满了你的五脏六腑

硝烟

你静寂、缄默

从未剪辑去任何一个片断或场景

水滴拥有记忆，你拥有天生的原创能力

你叠加着自强的韵脚，将一种不屈的精神

植入我们的骨髓当中

丹心碧血

在你的体内彻夜燃烧

它化身成虎啸潭，把战事弹成了滔滔的水声

你见证了一座城的

悲怆、兴起、成长与辉煌

你蜿蜒而下，在黑夜的深处

掏出了一轮绚烂的朝阳

坍塌的墙头，露出了一茬茬青绿

你把一种溪的柔软和硬气

浇灌在我们日夜守望的每一寸土地上

你把我们扬帆的决心

一次次延伸向大海

木兰溪

你为我们修筑了一座巨大的粮仓

庞大的船舶，在远方，为你升起了

一面黎明的旗帜

那些时光的印记

复制了一个又一个现场，它们像一条条缆绳一样

拉住一些重要的事件

硝烟与战火，消耗了多少日日夜夜

而兵荒马乱，记载在泛黄的史册里

盘桓在你的心中

久久未曾退去

一些时间陈述着时间

大大小小的碧水深潭，成为你身体里的股份

土垣，经不起风雨的浸漉

或许，你记录的一些文本已散佚

你曲曲弯弯，一往无前

一只只小渡船在你的宣纸上画下了风的形状

硝烟

一直往前流淌，将悲痛、喧嚣

——在心中稀释

无论面对什么艰难险阻

你都会从容地应对

有些东西，静静流逝

就像夜晚，总是在你的鼾声中消失

当你醒过来时

淌在你脸上的泪不见了

苍鹭，抚摸着白云的倒影

舟楫，解读着千年的传奇

当我们和历史的水珠

谈论往昔时，宽阔的水面上

总会泛起一丝丝涟漪，像是一种回答

你始终没有遗忘、忽略、分割

昔日的苦难

一缕晨曦，将硝烟纷纷化成了书里的烟尘

一不小心，它就会

木兰溪

揉皱我们的心情

穿过崎岖与坎坷
抵达的终归是海阔天空
一片美丽的云霞，如同你打下的江山
美得无与伦比

木兰溪源

我从这里一点一滴流出

我在这里幽居，头上的云朵为我加持

我是一汪清泉，是大地的眼睛

水松、银杏和红豆杉，生长着我的翅膀

我是你的起源

你解说着与我匹配的前世密码

一种清澈，从我的脉搏上喷涌而出

直通你的命脉

木兰溪

我在大山上，详细地介绍你的履历
我把环境报告交付你
让你放心地往下流淌
我把一些花木的愿望
托你运输出来
这是我们的家园，而我们理所当然是
这里的原住民

仁山龙寨上的日出
托举出你最古老的名字
我把血缘灌满大地的肺叶
泥土因为我的润泽，更加卖力地为
植物服务

我洗濯去夕阳洒落在你身上
泛旧的光芒。一些绿意在我的身上
立体而生动
穿过凉凉的石块，我活在一种

木兰溪源

光明与通透当中
一些幽暗的日子，早已被早春碰得
鼻青脸肿

西苑乡的扉页上，有我的形状和特征
自高而下，我一心为民践初心
我有着植物的恒心
有着根的耐心，我只想过着平静的一生
我流淌的是生命之泉，是光明与希冀
有时，我是行走的星星
努力地照亮荒山野林
有时，我是水的急行军
与你一起奔赴浇灌红花与绿叶的战场

乌石狮、厚德宫、布达拉、清源林
拉长了我的守望
我曾听见虎啸狼嚎
我曾亲手接过鹰隼的影子

木兰溪

动物们在搬运食物，深山的仓廪中

有一份与自然有关的成绩单

当我涌出阵阵欢欣时

就会遇见你在下游时露出的洁白的牙齿

牛羊、鸟雀，和我一起迎接开阔和明媚

一块巨大的舞台

为我缓缓打开

我的世界里，有你的童谣

你的生命里，有我发出的一声声歌吟

我孕育出的溪流

多么像我长长的队伍。高山上的旭日

像是要把莆仙的长廊照亮

我细碎的脚步，走过山谷，走过险滩

走过山林的战场

有时，我会借着夜里的月光

去看看尘世的模样

有时，我会替换肉身，与时间

在暗处，合二为一

一块碑石，就是一滴水

是数以千计的水，是我的另一个分身

这一山的翠绿，也是我的万顷碧波

它们在我的身前身后

永不弯曲

我与尘埃、日月、风烟一起点燃

精神的火焰

我的孤独是一盏古旧的灯

它掌握着我与黑夜对抗的种种证据

瀑布演绎着我的另一个身份

当我把肚子里的词语

——倾吐而出时

它们就变成了一颗颗饱满的果实

木兰溪

我在这里诞生，我召唤雨滴、清泉
我为自己下旨：
在有生之年，必须成为你的后援
与永不枯竭的力量

镇海堤

晨光这里上作画，一顶朝阳的皇冠

就戴在你的头上

我看见你的全身，金光闪闪

像披着一种巨大的荣耀

你日积跬步，一段段坎坷的行程

最终被消磁。你以一种低调而盛大的方式，入海

蓝色的版图上，从此有了你默而不语的身影

咸涩的海风，吹着我累累的伤痕

木兰溪

被盐浸渍的生活，充斥着我的边边角角

有时，密集而汹涌的水

会轮番向我的营地发起猛烈的冲锋

水的大军，所向披靡，如同锐利的斧，劈向我

我的骨骼在撕裂

巨大的水浪会覆盖或打湿我的衣襟

我抵御着一场又一场深入腹地的强攻

我一次次吹响岗哨，拉起警报

我严防死守，就是要用我的身躯

织出一段段的安宁

1200 多年的时光，将我磨砺出了一身的傲骨

数公里的海堤，犹如穿在我身上的铠甲

每一米，都是一段与惊涛骇浪搏斗的历史

一块块条形巨石，筑就了"海岸长城"

也筑就了我的前世今生

捍卫着南洋平原 76 座村庄和 22.5 万亩耕地

镇海堤

北向背负兴化湾海潮，南向庇护广袤的南洋平原
我像一条线索，连贯古今。站在这里
我听见了太平洋的风吼，我看到了东海的潮涌
我把兴化湾之波兴、三江口之浪摔
都一一免疫，或者过滤
急流与洪峰，无法割裂我坚硬的石脊
我无畏无惧地闪耀着我的光芒
纵使强海潮、大暴雨联合夹攻
也无法让我屈服、弃械
纵使我忍受着无边的痛楚
也不能让我的整个大后方，遭遇浸渍之苦
站在太阳底下，站在风暴底下
我将誓言不断地擦新擦亮
每一寸平原，每一座乡村，都是我要护卫的疆土

我用粗糙而宽大的手，拥抱你，迎接你
海中的礁石，多么像一颗颗撒在大海里的种子
它们正在发芽，正在解读一种全新的气象

木兰溪

没有一片薄暮能够窃取你的梦想

没有一场寒潮可以剥夺你的初心

我看见你在不远处，执着地往前开路

我看见你的足迹，遍及我的面前，它们从一种远方

走向另一种远方

虽然我身上的肉骨

曾被植入"平海""莆禧"两城的内容和简介里

但我裸露出的土堤，仍以寸铁之力

在水的战场、水的地盘里，浴血奋战

千年来，我始终屹立在兴化湾南岸

始终存活在《莆田水利志》中

裴次元、黄一道、孙尔准、孙夫人、陈池养……

他们的名字镌刻在我心的地图上

育养了我的铮铮铁骨

我守护着万顷良田

守护着土壤的希冀，守护着五谷的心愿

镇海堤

守护着滩涂上缓缓升起的旭日

守护着千家万户的美梦

我在水面上写下的万千讯息

都化成了一种气势磅礴的力量

每一块石头，都是我精心训练的一支部队

当它们把声音调高时

就会变成一种谁也摧不垮的信念

我用我的光，照亮遥远的战事

我用我的坚硬，打造着精神的另一个高度

我用千年的坚守，去建造一座座幸福的花园

我将你的每一个细节，都藏在我的衣褶里

我把你的影子，剪切在我的脑海里

我向你敞开心扉

我把一寸一寸的闪电之光，都揉入了

你的水流中

木兰溪

你仍在奔流，你担负着自己的使命

你浇灌了数以万计的田地

你孕育了丰富多彩的莆仙文化

一只只船，承载着我对你源源不断的祝福

从我身边掠过的每一缕风

都散发着你的气息

原来，你的血液，早已汇入了

我刚硬的躯身

我亦由一个个新生的你组成

千千万万的水滴，化成了我的

一个永恒的替身

你穿陂而过，途经农耕社会，注入现代文明

为我们描绘出了千年的画卷

你蜿蜒于这片古老的土地上

葱茏的花木，是对你的表彰

苍鹰缩短了天空与大地的距离

你缩短了时间与我之间的行程

镇海堤

我要搀扶着你的风华正茂入海
我要驻守兴化平原的辽阔与希望
我将排洪、泄洪、防涝、防溃嵌入
我的每一根骨头
如今的我，挑起的不仅是千年的风雨
更是发展、机遇和文明

我把历史的烟云、功过
悉数收入掌心
我要感谢你的滔滔不绝，锤炼出我的伟岸
我要和你一起奔赴时光的战场
我要和你携手，共建美丽家园

有时，我很孤独
千年来，我以我的方式观看世界
聆听你在暗夜里摇起的风铃
我停泊在这里
与你一起打捞出幽深的黎明

木兰溪

东甲的晨光

它扔掉黑夜的绞索

以一种浩瀚的美，征服着滩涂的目光

征服着人间的烟火气

一种力量在你我的身边

风起云涌

一个与蒲草有关的名字在我们的

眼前，浮现出气势与恢弘

你的眼睛里，藏着故乡最初的轮廓

母亲河，父亲堤，不同的称谓，却有着相同的责任

一座叫做莆田的城

为我们投来了无数的明灯

从此，我的肋骨里有了你温暖的底色

我愿意成为你的耳朵

为你一遍遍地聆听未来的声响

镇海堤

当你汇入沧海，我热泪盈眶

你如壮美的晨曦
在我的心上，完成了一次又一次的
喷薄

我镇守的边疆
就是这块被苦难擦了一遍又一遍的
土地

生活的明亮，往往都是在
一种惨烈之上
遇见辉光

木兰陂

海潮与江河，阻挡不了我的到来

海浦江渚，又如何能理解

我的一腔执着

千百年来，我驻守在这里

以我的血肉之躯，去接近你，去解读你

去迎候你每一次的暴涨

有时，你浑浊的泪水，会像一个个漫长的雨季

遮盖我的名姓，遮盖无边无际的月色

木兰陂

有时，我们患难与共，把远方修饰成

一个个美丽的梦

一张张流水的面孔里，雕刻着我们的朝霞和落日

你如时间一般，从我的身上疾速地滑落

而我始终用一种巨大的安静

去托起你的掌声雷动，托起你不缓不急的节奏

托起你在水中写就的新光与旧影

我的身上，染满了你的乡音

当你裹挟着台风暴雨，一次次猛烈地

撞击我的门扉时

我承受的何止是千斤之重

我绷紧的心弦有着最深的期待

一场场正面交锋里，我的意志和信念在协同作战

数万块花岗石，相互携手

溢流堰、进水闸、冲沙闸、导流堤

充当着我的先锋

我把你，一次次引入平原，浇灌着农田的梦想

木兰溪

我把海潮一次次拦截在下方
当你的水，从我琴键般的躯身滑下时
你跃起的姿势，让我目瞪口呆
——多美的画面

当惊雷滚过时，我知道
任何一滴水都无法融化我坚如磐石的心
我与洪峰一次次打赤膊战
我划开水面，撒下我的千军万马
风一遍遍地从我的身上吹过
水流有时也是劫掠者
在低处生活的人们
他们的命运里总是背负着
和水有关的符号

当你悠闲地在宽阔的溪床上散步时
柔媚与温情，就会填满我的整个生命
你以另一种句式，出现在我的课本里

木兰陂

青草在你我的面前含羞

白鹭如一块白色的手帕，向不远处飞去

我在尘世的苦痛，不值一提

我在木兰山下的使命，从未减去一寸

我对你的爱，与日俱增

我一次次地回答着你的提问

我一次次地阅读着你教科书里的内容

我一次次地把你的血液融入我的骨髓

是你丰富了我的阅历

是你锤打出了我的坚固

是你让我的存在

有了无限的价值

天空的睫毛，云朵的花环，世间的万千波折

都藏在这一条漫长而迂回的路上

我巍然屹立，和你一起将梦想的国土守护

我的躯身上，留下了李宏、冯智日的名字

留下了钱四娘的悲愤、林从世的悲痛

木兰溪

留下了孜孜不倦的日日夜夜

北宋的河床上，从此有了我的一席之地

有了我造福百姓的

一页页美丽的传说

你有一颗义无反顾的心

我有一颗冷静的心

我的罅隙，就是所有水流和我的出路

我在你的爱中获得永生

我镌刻了一座城最真实最生动的记忆

你记载了一座城的足迹、沧桑和辉煌

我们有各自的抱负、原则和远见

我们都在为故乡服务

树林，是你移植在岸上的绿色的水

每一个坚固的词语，都是我献给这个世界的绝唱

你濯洗了我，我引导了你

我拥抱了你的青春，你抚摸着我脸上的褶皱

木兰陂

你的每一支曲子，都像是一种诉说
历史，在你的脚下，跌宕曲折
"鱼米之乡"在你的哺育下
光彩照人。我们都是梦想的赤子
我弹奏着你最美的音乐
你读懂了我深藏多年的心事

农谚在兴化平原上成长
甘蔗、黄麻、水稻……记录着你的
每一寸恩泽
漫溢的日子，仿佛昨日的倒影
稻田、青山相互辉映
一座城纯粹、朴实的美
在我们的面前，一览无余

宁海桥

我从元朝走来

我不顾洪流与潮水的警告

把自己的一生根植在了这里

初日的金光，把我照耀得熠熠生辉

一些波涛把你的影像

捧到我的眼前

一种古老的仪式，总是在此时

愈演愈烈

宁海桥

美丽的霞光，围拢着我心中的

每一个家园

千百年来，你一直在流泻

一种无可比拟的美

有时，你会从炊烟袅袅的地方奔腾而至

有时，你会驾着千万匹水的马车

浩浩荡荡而来

有时，你像护桥将军一样安静

有时，你有着千钧之力

有时，你会带来

让我欢喜的消息

有时，你的兵卒会想将我一一击溃

只留下崩塌的桥身

与一堆乱毛石

我抵挡过无数的风暴

抵挡过古老的箭镞

木兰溪

抵挡过炮火，抵挡过岁月每一次

突如其来的蠹蚀

不管你如何浸漫我船形的桥墩

我都会用蔚蓝的天光

守护

每一段薄如纸的时光

我和你一起聆听过

明朝鼓炮的声响。那一段发生在

我身上的刺杀声

记录着一场正义之战

我和你一样，都是一部无字的史书

战火、海啸、暴雨、海潮

都不能让我屈服

苦难的雷管，并不会扯碎

我精神的灯塔

我用我的坚固与你的柔软、刚硬

宁海桥

击掌

我的心里有你

你的界限里，始终放着我的方寸之地

你逡巡着我的每一个角落

把我的梦一一检视

越浦的名字被我刻在水流里

吉祥寺、观音楼把我视为它们的血亲

阳光，掉落在你我的肌肤上

仿佛天空写给我们的书信

有时，我把你当成一张巨大的宣纸

我把奇丽的晨光

一一画上

有时，你摇着水的纺车

把我的倒影，纺成了梦境里的一片薄雾

当水流渐弱

木兰溪

我依然在努力地倾听你的心跳

我们的心一起向着太阳

向着风调雨顺、年谷顺成

你由千千万万的水滴组成

我由一块块的石头筑成

花木葱茏，我饮着你的水声，成长

一只只渔船，穿过我们的前世今生

而我愿我们的余生

走得再慢些，一成不变的岁月

总是悄悄带走很多

我们被时光磨砺

把闪电的尾巴，牢牢地拴在

水底

你细语声声

我昔日的年华，在清风中微微浮动

我的斑驳与破损里

始终藏着你的点点滴滴

如今，我已老

而你依然风华正茂

木兰溪仙潭段

从仙游界到莆田境

我的宽度、深度有了新的注解

我，或平静，或沉稳，或汹涌，每一截旧时光

都会在这里再次闪耀

我调试着水的程序，把曙光摊展在你的田畴上

渡船、渡口、水龙泵，遗传着古老的基因

它们善待着我淙淙的水声

我反复地弹奏着你的念白

把失陷于此的光阴一一提取出来

木兰溪仙潭段

有时，你的影子会安静地落座在我的岸上

有时，我会推拒夜的抚摸

有时，我会采集你身上所有的光亮

我的波纹，传递着无数的旧事

一种遥远的启示像星星一样闪烁

我铺展在你的眼前

小心翼翼地把梦一个个抬起

故乡，只是一个小小的词语

却占据了游子心中所有的疆土

承载了千万吨的乡愁

有时，你会打开我记忆的权限

扩大我在水面的管辖权

有时，晨雾的头盔，会戴在我的水面上

有时，乡村与乡村之间，只隔着一个回忆的距离

有时，我刚刚启程，就会被你的呼喊声唤回

有时，我会在水草丰美的地方旅行

有时，你的一声轻咳，就会让我心如刀绞

木兰溪

每一个浪头，都是我发出的宣言

每一片绿荫，都是你寄出的回执

我在水中打开的每一扇门窗

都是一条通往你的路径

你检验着我的流年，我安慰着每一段苦难的光阴

你捕捉着春天的光芒，我装饰着心灵的空间

爱的音符在这里反复出现

我激情四溢

所有的尾声在我的身上都有了新的开头

我修复着我的梦想，我创造着一个全新的局面

我防御着让人悲痛的往事

我护卫着你的四季

把你不忍说的苦楚一一咽进了我的肚腹里

我无所索取，只愿润泽万物

只愿平摊或者消除你心中的每一滴泪珠

一只船承接着我的惯性

木兰溪仙潭段

我继承了一种最原始的美

我复制着你的气息，你簇新了我的思想

我书写着人与自然和谐共生的篇章

污染源被一一隔离

生态保护写进了我的每一个段落里

有时，我的寂静不是寂静，而是每一个清晨的诗章

我像一条绿带，在你的心里，蜿蜒

我留下的每一个戳记

都记着一件重要的事物

我承载着一页页辉煌的历史

我抒发着对你最纯净的情感

净化着你生存的环境

田野、礁石、沟渠，把我当成它们的至亲

香蕉树和龙眼树，像仪器般

扫描着你的每一次变化

而我赤脚走在溪床上，一走就是千百年

木兰溪

我充满着无限的渴望

我描绘着乡村振兴的美丽图景

我保存着生活中的每一段曲折

晨曦，叙述着我的身世

阳光，抵达了我内心最幽深的角落

有时，我以一种柔软清除所有的挂碍

有时，我会将落日抱到溪滩上

有时，我的嘴唇微微张开

就能把一个事件吞没

我从源头一路奔流至这里

就是为了追逐一种无上的光明

就是向平原与大海，传达一种坚定的信仰

就是为了冲刷去隐藏在你心底的痛楚

而今，我的笔，又该如何写下

你旧时的名字——俞潭

硝烟早已散去，戚继光与谭纶的呐喊声

泛成滔滔的水声，被我藏在流动的书页里

你饮着我舀出的一泓清水

我消化着你漫长而久远的记忆

我誊写着过去与现在的悲喜

我的每一个器官，都有着光明、希冀、信念

我以我的流速，表达了一条溪流

对于大地和人民无限的热爱

我把生态治理的名片逐一分发出去

我用生态文明思想武装头脑

我把幸福的曦光，倾洒在郁郁葱葱的田里

我目睹着你的兴起、发展

我和你一起开创一个全新的世界

我要把每一滴过往的泪滴

全部化成养分，浇灌你，滋养你，壮大你

我的汛期，我的澄澈，我的恬静

木兰溪

被一只只白鹭轻轻衔起

透明的浪花，一旦离开我的肉体

就会化成你心里难忘的经典

我往前，并不是要将你遗忘

我的每一次拐弯，都是为了你的远方

更加葳蕤，更加宽阔，更加绚烂无比

当我回望仙正寺与"第一山"时

花朵正在你的田间绽放

我深知

这是，你爱我的方式

钱四娘

我在你的水面上签下批注

我将一轮落日

打进你的腹部

我用一块块希望的巨石

修补河流溃疡的地方

我看见那么多的火把

在黑夜中晃动

我看见许多树木在用树叶

木兰溪

诉说你泛滥的背影
我想解答你的痛苦和你的无奈
我想解除你与暴雨之间的条约

有时，你干净的嗓音
会被下游的潮水改写
有时，你用力呼吸，就会引发
身体里的一场汹涌

10万缗。我用三年的时间
在将军岩下
打下了巨大的补丁
而你的咆哮肆虐
最终让我功亏一篑

来自宋朝的火光
覆盖着我的一生
我提着红灯，如何穿过你冰凉的水

钱四娘

一声声雷，穿越历史的沟壑
朝我狂奔而来

此时，又有谁理解我的悲愤
我的泪水是否戳中了
你的深流，刺痛你的皮肤

我理解你的古老、你的深沉
我在你冒雨的边界，彻夜未眠
我的悲伤，亦是万物的悲伤

我无法掌控的水势
推动着你胸中的狂澜
陂的边边角角，是溃散的语言
和风声

多少事物，转瞬即逝
整个溪床都是我潮湿的梦

木兰溪

如果你是一封长长的信札

那么，我又该怎样解读下来

粼粼的波影，依然在筹划着

我未了的心愿

我的影子越来越暗

很快遮盖了天色

短暂而又漫长的三年

仿佛写尽了我的一生

就让你的万顷波涛

埋葬我的躯体

让我的宿愿，随着你的水流

一年又一年地

流淌下去

南北洋平原

我的前生是一片汪洋

沉积的泥沙

雕刻着我的雏形

拓于唐，兴于宋，盛于明清

我在时间的碧梗上

陆续返青

千百年来

木兰溪

是谁在我的纸页上，一再续写传奇
又是谁默默地缝补着
我的新痕和旧疤

春天的花朵，装点着
我数以万计的新绿
我的胸膛上，盛开着
你的希冀和憧憬

站在你的南北两侧
我习惯了把深情
藏在每一个季节的背后
皎洁的月光下
我抱起你投映在我面前的影子
细细地端详
你穿过故土沉睡的部分
把我的回忆蹚得越来越深

你经过我的梦境

奔向兴化湾与远方

你滋润了我的疆宇

你把我腰间的绿色绸缎

洗濯得越发亮丽

有时，你会唱起摇篮曲，哄我入睡

有时，你会在我的胸脯上

建起一座金黄的宫殿

有时，你吹响的螺号，总会

唤醒无数美妙的事物

古陂梳理着你的命运

按照它指引的方向，你给我了许多的供给

不管是雨季，还是洪流、潮汐

都无法击溃我心中的家园

看惯了相聚与离别，再多的忧愁

也只是河底的沙

唱俚歌的水流，相继远去

木兰溪

戏台上的青春，总是悄悄地谢幕
只有我年复一年地伫立在这里
等待着你，把我写入某一个故事的结尾

沃野良田
一望无垠。我的辽阔、肥沃
不及你爱中的千分之一
你是一部水的律法，给了我
一次又一次的保障
一片片生命的绿焰在风中摇曳
你的洁净、低调
成为我眼中最美的风景

海浦、江渚、浅滩，被一个个姓氏替换
在历史的进程中
我一寸一寸地扩充
木兰陂分开了咸水和淡水
你分开了我的前世与今生

南北洋平原

纵横交错的水系，像一条条血脉
育养了一个全新的我
洋田与块田，裸露着自信、顽强
土壤改良着属性
我的每一次腾飞与跨跃，都与你
息息相关

迎接你，是我生命中不可或缺的仪式
我的心
因你而富足，因你而温暖，因你而愉悦
我的血液里，流淌着你的口音
你的流水，滋润了我干涩的喉咙
我从你的身上，取得了丰收
取得了荣光
取得了永不枯竭的力量

如今，我是一座巨大的粮仓
而你是一座城的母亲河

木兰溪

——兴化平原，你轻声细语地

唤着我的另一个名字

你用潺潺的爱编织着我的另一片苍穹

日光，扫遍我的整个世界

你的回响，无声地流向我的

每一条沟渠

熙宁桥

在这里，你放缓了速度
有时，你会轻抚琴弦
为我弹奏千年的歌
花朵和草木被春天留在了岸上
我饮着你端过来的水酒，就像饮着
人间的清愁和悲欢

一个又一个节日，接踵而至
一个又一个季节，如约而来

木兰溪

平原的口音，带着浓浓的地瓜腔

梅峰寺的钟声，煮沸了一个早晨

而我，始终如一，寸步不离地守着你

前赴后继的水

一次次流进我的梦里

妈祖的圣光，照耀着桥碣、佛塔

照耀着曾经的白湖渡

照耀着我脸上的风霜

你的目光里，藏着一寸一寸的海

你的波光里，藏着一座城的五谷丰登

有时我会胆怯地在你的水面上行走

有时，我会看见你在冲着我微笑

有时，我会枕着你的声音，安然入睡

你从来不会因为自己的宽阔而炫耀什么

你运送着晨曦，运送着星光

熙宁桥

运送着尘世点点滴滴的美
我的肋骨里，有你一次次盖下的邮戳
我的耳膜里，灌满了你的声响

你流淌在莆阳大大小小的脉络里
每一朵溅起的水花，都是你唱出的歌词
月光宽恕着夜晚的褶皱和裂痕
曲折蜿蜒是你的句式
溪水潺潺是你的抒情
而我则是你的顿号，是你的
一个驿站

你驮着我的梦，流向远方
洪流、海潮的锋芒，被我一再规避
我是第一座被你托举起来的桥梁
只有桥墩仍旧在默默流淌的水流中
诉说着兵燹，诉说着刀光剑影

木兰溪

四个大弯，分解了洪水和潮汐的兵力

而我一次次修补了你的梦境

我在你的水面上重刊旧日的经文

任何的风起云涌

都动摇不了我矗立在这里的决心

流淌，是你的日常

有时，你就是我写在水里的春联

一封封家书通过你，传递到了我的手上

荔枝的清香，从远处传来

一页历史因此变得红润了许多

你用你的躯体，去丈量蓝天

去丈量城市的文明与辉煌

你甚至轻而易举就能捕获白云，或者世间的

任何一种事物

不管它们是靠近，还是远离

都会被一种故乡的磁场，吸引

熙宁桥

而我横跨在你的上方
经得起千百年来的动荡和碰撞
我背负的使命，和你有关
和这座被称为"文献名邦"的城
有着筋骨相连的关系

我的命名，我的由来，我的成长
像麦芒一样，泛着一种与生俱来的光芒
你在我的身体里
抛下一条永恒的弧线。纵使水势滔滔
也不能让我心生半点寒光
纵使战火烧至边缘
也不会让我放弃对你的守护

我的倒影贴着你的脸颊
水中的鱼和浪花，如同你的一个个学生
在朗读着和你有关的事迹
时间的磨刀石始终无法将我磨薄

木兰溪

你是一部活的史书

是一部会流动的历史

而我亦是大大小小事件的见证者

如今，我渐渐苍老

但我仍会将一个个清晨和夜晚

移植在你的溪面上

仍会将一座座古老的民居，建在

烟波浩淼的水面上

仍会将我对你浓浓的情意

深深地根植在你的底部

它们终会生根、发芽

终会成为你无法分割的一部分

我在这里尽情歌唱

一条大溪上的光阴，多像一条粗壮的绳索

它连缀过去，也接通未来

它多么像你，把无数的事物都串联了起来

熙宁桥

"造舟为梁，建浮桥横跨海面"
我是宋朝的一个符号
我是通往沿海的要冲
我和你朝夕相处
共同拼接着历史的碎片

我一次次裱褙着倒映在水中的夕阳
树林与村庄，抚摸着你沧桑的旧事
这些年，我和你默然相对
却有着最原始的默契

你的笑声响亮
水平面，被我以另一种方式切割
当我俯下身来
仍然望不到你具体的长度

你驻留在我的隐喻里
如同一个善于漂泊的人，你穿越着贫困

木兰溪

穿越着丰裕，穿过坚硬、温柔的物件
穿过每一个早已磨损的字迹
一次次抵达我们的心扉
你奔流而去，一次次与我告别，又一次次
与我重逢

我赞美着一条溪的安静和阔达
这一路走来，你有着怎样的担当
默默承受着什么
我和你一样，不惧畏任何的风雷
我们都在做分内之事
都在袒露着最原汁原味的欢喜

没有一根电缆，可以干扰你的流向
没有一场风暴，可以折断我的脊梁
星宿和天光，教会我们如何贡献
人类多少渺小，却是他们建筑了我，并成就了
我的高度

熙宁桥

我应该张开耳朵

聆听人们的呼喊和高歌

我应该再次翻开水的书籍

学习更多与自然相处的技法

我横卧在这里，就是宿命，就是荣光

一阵波涛上来，一片波纹远去

我狭隘的忧伤，曾被你一次次代谢掉

我身上的车辙和喧嚷

无一不在诉说着城镇的活力和张力

你的终点是大海的肋腹

而我在此落地生根

古老的土地，将我一次次租赁

天空蓝色的风衣，披在你的身上

而我借助日光，总想给你一个大大的拥抱

你是一座城的母亲河

你是乡愁的起点，你的嘴角扬起的是

木兰溪

所有稻子的青春

你东奔西走，有着最纯洁的希望

而今，我只能不断整顿我内心的秩序

我的寓所，我的居留地，与你有着最近的距离

当水流慢慢涌上来

我开始洗濯身上的风尘

新的星群在你我的天空上

升起

石碑上记载着我的身世

更运载着一条

写满时光信息的溪流

母亲河

让我轻声呼唤你的名字——木兰溪

让我大声地呼喊你——母亲河

让我用千钧之力，驱走你的沟壑和创伤

你从戴云山脉的黄坑头缓缓走来

你裹着雷火，挟着闪电，逡巡着

一个又一个下游

我看见你有三千白发

木兰溪

我看见你像一支奔突的马队，不顾一切地

彻夜往前奔腾

你提着一夜又一夜的星火

要去哪里？

无数的星星，掉落在你的眸子里

就变成了闪闪发亮的波光

我苍老而又年轻的母亲

你有富可敌国的绿意

你用唐诗宋词、四书五经喂养了

这片原本贫瘠的土地

千年的文化积淀

喂哺出物阜民丰

滋养出这一座闽中的大粮仓

每一滴从高处流下的水

都那么谦逊、沉着、冷静

它们沿途撒下绿色的种子，它们往两岸

母亲河

播下了生生不息的希望

它们是你身体里的细胞

是你滚烫的血液

你用甘甜的乳汁喂养了我们

甘蔗继承了你的血统

泉水温习着你的教诲

你描画了一地的金黄

你把村庄的腰鼓敲响

你把大地的鼓擂响

赶路的太阳将辉光洒在你柔滑的肌肤上

龙眼树偷偷地把叶子和花朵编成花环

戴在你的头上

我用乡愁来丈量你的长度

我用浩瀚的星空来比喻你宽广的胸襟

有时，我在你的上游

有时，我在你的下游

木兰溪

我和你的距离

只是一个名字和另一个名字的距离

我们时常隔得很近

近得我都能听见你的呼吸声

当我转身时，你已走在了无数河流的前面

早晨的露珠，滑进了你古老的问候

黄昏的光影，复述着你教给我们的语法

你逶迤而来，穿过大山

穿过常绿阔叶林，穿过蕈树

穿过度尾、大济、龙华

穿过鲤城、城东、赖店、榜头、盖尾

穿过木兰陂、南北洋、涵坝闸

穿过宁海桥、镇海堤

穿过一张泛黄的地图

穿过每一个低吟浅唱的朝代

穿过我们心中每一处乡音聚集的地方

1732 平方千米的爱

母亲河

给予了我们多少的希冀和光

你是一本生动的教材

教会我们如何爱，怎样奉献

教会我们包容、无私、坚韧

教会我们如何让一颗心保持澄澈，不受污染

你将一滴又一滴水的档案和履历

寄存在我们的心里

你将莆阳大地的风光

一寸一寸地栽培在水中

你将一座古老的城

打造成了富庶的鱼米之乡

你将一颗颗荔枝

滋养成了一个个涂着脂粉的妃子

往日的桨声橹影

被留在了古老的渡口

我们的漂泊在梦里失去了斤重

木兰溪

潮水追溯着一座城最原始的模样

浪花解析着一条溪流最初的路径

你点亮了多少艺术之灯

郑樵、蔡襄、陈经邦、刘克庄

黄公度、李霞、李耕、黄羲……

他们的灵魂站在了一个全新的高度

他们是历史的一部分，也是你的一部分

当闪电擦拭天空，当云朵仍在天空散步

当你从上游，一直奔向下游，迈向兴化湾时

我的身体内部，开始呼啸，开始咆哮

你的汛期，你的径流量，它们早已化成了

我生命里的一个个符号

平原上的麦田，像绸缎一样，铺向游子的梦境

我把你的疼痛一次次藏在

我的纸上，它们一次次被时光遗忘

但我知道，你始终是幸福的

因为你把所有的光

母亲河

都划给了我们
奉献是你一生的追求

你擦去脸上的油污、尘土、泪水、风霜
以一个母亲的身份
迎接我们的归来
你哺育着俊秀的山川、壮美的人文
一只只远航的船，将米粉、线面、豆皮、桂圆
甚至你的每一声叮咛
载向了四面八方
你的记忆里，留下了无数的倒影和波折
水涨水落间，你驮运来了
时代深处的一个个辉煌和绚烂

飞珠溅玉，水声四起
所有的沃野，都是你织就的丝绸
所有的高山，都是你竖立起来的屏风
所有的村庄，都是你精心打理的梦想

木兰溪

你是我们的母亲河

我们是你的分支，是一股股涓涓的细流

茅草、青松、翠竹，唱不尽对你的祝福

润泽苍生，是你不变的使命

你润养了一座城灿烂的文明

你抬起了莆仙的农耕文化

你将涓滴之力汇聚成磅礴伟力

绘就村美、人和的美好画卷

你目睹了兴化平原襁褓时的模样

倾听过它的第一声啼哭

平原、半岛、港湾、丘陵和岛屿

如同你托举起来的一颗颗明珠

麦斜岩、菜溪岩、夹漈山、天马山、囊山、凤凰山

搬动着一场场充当救兵的急雨

你用 105 公里的爱

织编出明媚、繁华、富庶的兴化大地

母亲河

有时，你在我们的心中不仅仅是溪流

更是一座宏伟的建筑

你是一个母亲，你的慈爱、善良、勤劳

被我们过继了下来

每一滴水都是从天上落下来的星星

每一滴水都有它的性格

每一滴水，在你的溪床上

都有一个响当当的名字——人民

木兰溪，我们的母亲河

你流淌在我们的血管里

你淙淙的水声与大地的草木

产生了共鸣

你一次次进入我们的生活

与土地、历史、时代，共同书写着

一部伟大的作品

晨光万丈时，你与我们共赴远方

斜晖披身时，你与我们一起交谈奇闻逸事

木兰溪

你的苦涩，你的甜蜜，你的欢笑
贯穿在我们的
每一根骨骼里

渡过诸多难关
越过许多词语和时间
你放射着耀眼的光芒
大海分娩着帆影和风暴
你以一种包容，接纳着一切的兴衰
你穿行在我们的身体里
犹如月亮照耀着山冈

母亲河，你记录着我们来时的秘密
记录着我们的成长史和奋斗史
记录着我们和你朝夕相处的点点滴滴

母亲河，万物在你的身上沉睡
但从未高过你

母亲河

青山是你写下的日记

稻田是你贴在村庄的邮票

你是流淌在兴化平原心中一条明媚的溪

你是大地连向海洋的一条脐带

你是我们生命里永远激情奋发的母亲河

木兰溪防洪工程

我接受了你的安顿、疏导和治理

你更改着我的路径，"裁弯取直"

软基河床、弯多弯急、冲刷剧烈等问题

被你一一攻克。"软基筑堤"不再是梦

"软体排"筑堤，修复了千百年来的技术漏洞

矗立在花间的"纪念石"

娓娓叙述着一桩被时代铭记的往事

冬春修水利建设的义务劳动现场

一个嘹亮的声音，穿过滔滔的溪流

穿过坚硬的石头

穿过浸润着乡情的泥土

落在了每一个人的心海里

溅起了一片片温暖的浪花

冬天擂起鼓声

"防洪长城"自此拉开了序幕

一锹锹土，一根根落桩

夯实了一个千年的夙愿

一道道防洪堤，改变了洪流的性情

时间的条形码上，你扫描出了我的柔韧

扫描出了我的宽厚

扫描出了我的慈爱

我通过你的引导

和一场场特大暴雨达成和解

它们不再成群结队

推搡我往前肆无忌惮地咆哮

木兰溪

它们秩序井然地沿着你的轨道行进

城市和村庄

从此不再遭受海潮和洪流的侵害

田里的农作物，安居乐业

柔柔的水波上

你正在为我书写美丽的诗篇

坚实的堤坝，诉说着一页页

可歌可泣的治水故事

我强弱分明的嗓音，叙说着许多温情的细节

海水倒灌，蒲草之滩，水患频仍

它们一一成为了历史深处的记忆

"雨下东西乡，水淹南北洋"的俗语

被你修改成了"水归南北洋"

洪水归槽，两岸的防洪堤始终将百姓的安危

搁放在心头

它们日夜守护着故土，守护着星光和希望

"改道不改水"，保留了原始河道的水

一个个内湖，托在城市的掌心

它们如同一颗颗璀璨的明珠

映照着一座城更为丰富的表情

一片片绿荫，争先恐后地生长

一条条绿道，不遗余力地展现着自己的美

一批批滨水公园，悄然落地生根

下游399条内河与我互联互通，城市绿心

在一阵阵热烈的呼声中

隆重登场

将下游16公里的河道，裁直为8.64公里

数字的变动，是一张生态环境试卷的

分值在提高

我成了一支城市的画笔

画到哪里，哪里都是风景，哪里都是色彩

你擦去了水灾的隐患

木兰溪

擦去了狂风暴雨制造的一次次事端

你纠正了藏在我身上的缺点

你化解了我与城市建设的矛盾

"生态优先、人水和谐","保护、治理、修复"

在城镇的边边角角上线

一张蓝图绘到底,百里风光带让居民的幸福指数

节节攀升

"治理木兰溪,功在当代,利在千秋"

被壶公山铭记,被时间镌刻在石碑上

被花草树木背得滚瓜烂熟

因为你,兴化儿女的祈愿和梦想

——兑现

你翻开了一页崭新的治水篇章

你让我华丽转身

"水患之溪"的帽子从此被摘下

水清、岸绿、景美、宜居

木兰溪防洪工程

成了一座城市的名片和护照，摊开了

一幅人与自然和谐共生的长卷

南北洋平原，将旖旎的风光当成家书

寄递至世界的每一个角落

喂养着一夜又一夜膨胀的乡愁

而你站在我的旁边

为我复活了一段又一段的美好

鲜花成片片绽放，一茬茬的绿，铺展在我的面前

一条溪流的幸福

此时，已远远大过天空，大过远方的草原

你抚慰着我内心的褶皱

驱散着我的愧疚

新绿与生机在我的浇灌、你的呵护下

正在不断扩大它们的领域

在一种静默中

我依旧缓缓地流淌，生活如此曲折

木兰溪

远方何其美丽

"防洪保安，生态治理，文化景观"的理念
清洗着我的肠胃，修葺着我美丽的梦境
一条生态文明之溪
如一条巨龙，在莆仙的地图上，腾飞

木兰春潮，谱写着绚丽的华章
水与水，堤坝与堤坝，胼手胝足，砥砺奋进
无数的光，在我的水面上，斑驳，跳跃
鱼儿亲吻着我的肌肤
清澈替代了浑浊，一个个洁净的日子
被你和我悄悄抬起

布谷鸟的叫声
化成了我生命里一支支优美的曲子
摇橹的舟楫，读到了我最亲切的问候
丘陵与平原，记录着我的温度

青草在岸上聚会，你的喜悦，通过我的笑声
一次次溢出

我倒映着你的影子
你为我修订了关于溪流的章程
你把"泛滥"一词从我的字典里剔除
洪水不再逾越雷池半步，台风携来的暴雨
在海峡上空，便已悄悄"缩水"了
你接纳和包容着我的每一次动静
你让我脱胎换骨
我以纯净和美好回报万物

联锁块护坡，让水土不再流失
村庄如美丽的珍珠，焕发着新彩
桥梁和水闸，助力着我的成长
"豆腐上筑堤"成为现实
我的命运被改写
成了一条幸福的"母亲河"

木兰溪

历代的治水先贤们，我不会忘记
"水安全、水生态、水环境、水文化、水治理"
在我的每一个关节里，浮现
一点一滴推进，一步一个脚印
一座座坚强的防洪堡垒，屹立于美丽家园的面前
看着悠悠溪水，阅览着曼美的花草
你的脸上写满了笑意
我成了"最美母亲河"

你结束了莆田城区不设防的历史
你驯服了我的野性，生态绿心由此走上了舞台
"一泓清水惠民生"，拉开了时代的新篇章
每当暴雨试图为大地盖章时
我总会想起那句足以让所有土地牢记的话语：
"是考虑彻底根治木兰溪水患的时候了！"
这声音掷地有声，如同一片耀眼的光芒
照亮了未来的征程

你是生态文明建设的一个标记

是你让我永葆生机，造福人民

芳草萋萋，如同你我共同写下的墨宝

被悬挂在了

大地的每一个角落

木兰溪

你解读着一条溪的生态密码

1997 年，一份沉甸甸的报告

摆上了你的案头

一条溪流，从此驻扎在了你的心里

成了你时刻关注的一条

生命的血脉

它千年的功过，一一向你诉说

长在它岸上的草，移动着时间的块垒

你解读着一条溪的生态密码

它哺乳着万物
却又易被台风、暴雨、海潮挟持
它功绩累累，却又让多少树木、房子、道路
遭遇漫漶之苦

这条叫做木兰溪的河流
有温顺的一面，也有桀骜不驯的时候
每当打开它的长度时
历史的脸上既有欢笑，也有泪滴

那些年月，它一旦失控
一旦挣脱理性的缰绳，一旦被大雨满灌
就会触发灾情的按钮
前赴后继的治水人
用生命阻拦着汹涌的洪流

你心系着人民的生命和财产安危
你要用生态保护为盾牌，你要让绿水和青山

木兰溪

永葆青春，你要彻底根治一条溪的疑难杂症

你为一条溪流把脉、诊断
久久为功是药引，生态治理是配方
你亲自擘画了它的未来

1999 年 12 月
一场治理水的帷幕正式拉开
一个响彻云霄的声音，穿过厚厚的云层
穿过密密麻麻的泥沙
穿过密匝匝的树叶
通过每一滴水的噪音
传遍大地的每一个角落
一场义务劳动，登上了莆阳的头条
记录着一个重要的历史时刻
你挥动铁锹的身影，驱散着冬天的寒意
成了我们内心温暖的火光
照亮了一个时代的枝枝权权

比河流更长的是岁月

比天空更高远的是信念

水滴与水滴不断聚合

就能汇成一片河流，甚至沧海

愿望与愿望形成合力

就会托起一片美好的将来

水安全、水环境、水生态

为木兰溪的治理保驾护航

新旧河道，双轨并行，齐头并进

翻开了一页页新的篇章

美丽的蓝图，一任接着一任推进

在一盏正确指引的明灯下

一张科学的治理良方

呈现在所有人的面前

你解读着一条溪的生态密码

一个又一个难题，被攻克

木兰溪

木兰溪的美丽，被时光一一归还

赶集的云朵，忍不住停下脚步，俯瞰

霞光打开了一个个美好的清晨

一条溪，收回了它的声誉

南北洋平原，迎回了稻谷丰厚的嫁妆

治理水患，如同和大自然签下一份契约

安澜的清波上，闪着旖旎的风光

谦逊的树木，将爱洒向了莆阳的边边角角

一条溪疼痛的盲肠，被彻底医治

一条溪的荣耀，再次插到了一个时代的潮头

生态治水和水系绿化相辅相成

木兰溪入选"全国十大最美母亲河"

荣誉的背后，是夜以继日的坚持、拼搏和努力

是无数汗水的叠加

一场与水有关的革命，带来的是绿意与生机

溪流慢慢地学习了新的思想

生态文明，成了一门课程

教会了我们如何与自然和平相处，如何与万物

握手

十度关心，四度亲临

你深入了解溪流的关节和难点

一次次的现场踏勘，把治水的事业长久推进

你关注着木兰溪水域生态安全

环境保护的预防针一针针打下

"人民"两个字，在你心中重如泰山

你恢复着一条河流的秩序

你让生态保护复位，你按下了洪流的停止键

兴化平原的命运因此被改写

新河道牵着旧河道的手

整个涵江平原的水系，获得了复苏的能力

环保的风暴，一次次刮来

木兰溪

木兰溪顺应时机，扬长避短，不断调整着自己
一座座污水处理厂，拔地而起
一个个湿地公园，让水草当了先锋，吸收氮跟磷

每一滴水，都在回归透明澄净
万物欣然服从于生态文明的"训令"
"变害为利，造福人民"
撬动了一个时代的支点
我们望见了美好生态的轮廓
你的生态文明思想在木兰溪的先行探索
成了无数河流的样本
人民的生活，获得了幸福的增长点
社会的经济，得到了持续健康发展的支撑点
水治理提振了一座城市的精气神
木兰溪乘势而上，成了一个地方腾飞的发力点

一朵朵水花，泛着微光
仿佛在复述着你曾经留下的字字句句

"不忘初心、牢记使命"
接力棒一根一根地传递下去
你高瞻远瞩的战略眼光、有诺必践的政治品格
深入调查的工作作风、严谨务实的决策态度
打开了莆田发展的新起点、新机遇、新气象

木兰溪的蜕变，铺开了一个又一个生动的春天
美丽的防洪景观带，书写着新的传奇
一座座文化地标，矗立着新的经济高度
风光旖旎成为了一座城市的封面
荔枝林带，梳妆打扮，风姿绰约
是你让一条润养莆阳的溪流，变了模样，成了
一座古府新市发展的大动脉

你的足迹，留在了每一张土地的册页里
更留在了溪水浩瀚的历史里
一个个人工湖，牢记你的叮嘱，成了
北洋平原的重要蓄涝区，缓解了排涝压力

木兰溪

为一座城市分忧

"生态治理，道阻且长，行则将至"

你的教诲，不仅被水利风景线牢记，更被

千千万万的水流和绿道，铭记

"功成不必在我，但是功成必定有我"

成千上万的治水人，共同写就了一页页

治理水患的辉煌篇章

还木兰溪"清水绿岸、鱼翔浅底"的景象

是我们共同的使命

还一座城市蓝天白云、清新的空气

还每一个人以美丽的家园

是你和我们共同的心愿

一条记载在市志上的溪流

承载着人们的记忆与悲欢，也承载着

你的关注和重视

如今，它正以修饰一新的姿容

风情万种、魅力四射地出现在我们的面前

行走在芳草与野花簇拥的岸畔上

我们仿佛又一次听见了你力透纸背的声音：

"我们支持木兰溪的改造，这个工程的建设，

使木兰溪今后变害为利、造福人民。"

木兰溪的水患

我用我的柔韧，穿过无数坚硬的什物

我的水位一旦上升

一些险情就会出现在我的笺札上

聚集起来的水，会像军队一样整军待发

它们会不顾我的规劝

对村庄、房子、树木，进行打砸和洗劫

有时，我是被大暴雨推着下去的

倒灌而上的海潮，也会加入洪峰的队伍

木兰溪的水患

洪、涝、潮一碰头

会引发更大的灾难

那时的我们，行军速度也会加快

我们势如破竹，此时的我

已完全失去了母性

像一头发怒的狮子

我面目狰狞，完全忘了自己是谁

雨水，在我的腹腔里，形成合围之势

我无法突击，更无法反击

太多的沧桑覆盖着我的无奈

溪床上，充当先锋的草木与碑石，在我们的面前

束手待擒，不堪一击

它们的抗争与抵御，对于

我们这支水的部队，无法构成任何威胁

我们猛力推着泥沙和石块

我们本是弱水，此时却丧失了

木兰溪

应有的柔情

我们如出鞘的刀剑，把山庄、桥梁击伤

把两岸的房子，毫不犹豫地摧毁

它们在风雨中痛诉

但并不会让我们手下留情

我们的力量，一次次增强

我们集体失控

如一匹匹桀骜不驯的烈马

疯狂地往着大地的背部撞击

当我们难以下泄时

就会形成漫溢，我们会越过农田

越过堤坝，越过家园

一条条裂缝控诉着我们累累的罪状

牲畜、植物、庄稼，往往会遭遇灭顶之灾

此时的我，是危险，是自然灾害

我们在大地的杯子里，剧烈地冲刷

没有谁可以拦截我们的水墙

木兰溪的水患

哭泣声与呼喊声在我们的四周，回荡
此时的我们，失去了怜悯之心
我们的激狂，何时才能耗尽
这等暴力，世间的万物
如何能承受得住

我们翻改着土地原来的样子
一些消失的东西永不再复返
我们与木兰陂正面交锋过，它阻挡得了海潮
却无法消除我们的影响
我们的主力后面仍有源源不断的后备军
仍会带来严重的洪涝灾害

是谁在我们的身上失眠、痛哭
是谁想为我们起草规则和制度
过于丰沛的雨水，不断地为我们增援
我们把自己抛向哪里，哪里就会拉响警报

木兰溪

东西乡平原，南北洋平原

它们会因为我们的到来，而呜咽

下游的村庄，一再告急

多少民房，在我们的眼前，坍塌

多少物体，在我们的面前，损毁

我们有着致命的强力

我们咆哮而下，浑浊的水

如野兽般，吞噬着一些美好的事物

有时，我们的来访，没有任何征兆

此时，你正在梦中，或者正在回忆中酣睡

风暴会充当我们的同谋

即使我们充满苦涩，也停不下来脚步

我们生发出的巨大破坏力

会让人瞠目结舌，脸色凝重

我们给万物留下了太多不可名状的悲伤

我们无法将自己整顿

木兰溪的水患

我们失去了水原来的形象和风度
我们的所作所为
会让我们自己也崩溃到哭

山谷凝望着我们的奔涌，忧虑重重
一座村庄，又一座村庄
无法躲避我们的"围剿"，但人们从来不会
束手认输，他们努力自救
他们想削弱我们的力量
将我们移出他们的地盘

人类的力量从来不会被低估
但此时的我们，已无法自我掌控
水推着水，力量推着力量
我们被写入历史的档案里
我们犯下的原罪，无法被我们自己赦免

我该如何安放我上涨的情绪

木兰溪

我已然成为灾难的帮凶，这让我羞愧不已

我自宽旷而明亮的大山里走出

就是要滋养众生

我内心的嘶喊无人可以听见

我经受着这种痛苦，承载着悲凉与沉重

水患，一再在我的身上发生

我通体忧伤，乡土的气息一再灌入我的鼻腔

我最危险的部分

在借助暴雨发芽，我最脆弱的部分

也正成为一种最尖锐的武器

原谅，我的利害相生

我需要你们将我改造，让我的生命焕然一新

我愿我一生柔软

我愿我供养更多的风、人情与文化

我愿向大海进贡最美的风光与故事

我愿我一笑起来，你就会被我的笑容打动

文化木兰溪

你像星河一样闪耀

每一滴水，都是从天上掉落下来的星辰

每一滴水，都承载着一个故事

每一滴水，都拥有着共同的籍贯和背景

你静静地潺湲，从未炫耀过自己煊赫的声名

你消化着发生在你身上的苦难

你把自己最精华的养分

分摊给了这片土地

木兰溪

你用你的荣光、富饶

你用你的曲折、坚毅

你用你的大爱无疆

你用你日复一日、夜以继夜的供养

滋润了

世间的万物

你孕育了莆阳灿若星河的文化

水，从你的身上流出

就化成了一束束优质的光芒

从缄默的崖壁，到静寂的乡野

从枯水期，到碧波万顷

你所经历的阵痛，又该是怎样的刻骨铭心

在你的面前，所有的生命

不分贫贱，不分大小

都是你哺育的对象

都是你呕心沥血培养的孩子

文化木兰溪

从围堰造田，到筑书院，建祠堂
你用文化的血脉托起了兴化大地绚烂的明天
你驾着文化的马车
驰骋在时光的每一个角落

兴化平原丰沃的土壤，成为你最大的学堂
每一株稻子，每一束麦子，每一棵树木
都是你的学子
晨曦时，你会听见它们琅琅的读书声
夜晚时，你会听见它们的梦想
发出的颤动和声响

一个又一个有名望的家族，像钉子一样
扎进你的溪床
一个又一个文化名人，吮吸着你精神的养料
闪亮在各个朝代的星空里

2482 名进士，21 名状元，17 名宰辅

木兰溪

二十四史立传者百余人

他们站在文化的潮头，听着你的教诲

他们用自己的学识，打通了理想的关节

从五代到唐、宋、明、清

状元、进士、名家、名臣、大儒，车载斗量

一个又一个梦想先后苏醒

一个又一个辉煌，在你的面前，铸就

这是你的恩泽

这是藏在你身上的荣耀

但是，你从不争功

你习惯了默默无闻地流淌

你把奉献当成自己的使命

这是你与生俱来的品格。你开凿着一条文化的运河

你用自己的清澈，传递着

无边无际的新绿，递送着

壮阔的人文与历史

你用一种明亮，照亮了我们的眼眸

文化木兰溪

是你将一种坚持不懈、奋力进取的精神芯片
移植在了我们的身体里

"开莆来学"，郑露打开了莆阳文化教育的篇章
一朵朵木兰花，在你的水面上，纷纷盛开
一条溪的命名，因而有了传奇的成分
历史在你的溪床上不断演绎
你推着历史的片段
穿过每一座古老的民居
经风挡雨的屋瓦，承继了你的性格
你拨亮时代的灯盏，把光输送进了每一个
兴化儿女的心里

绵延不绝的文化钟声
从你的腹部发出。千年的文脉，在这里
萌芽、延续、传承

一株文化的参天大树，因你而繁茂

木兰溪

闽中文章初祖黄滔，北宋书法家蔡襄

北宋状元徐铎，理学大儒林光朝

南宋诗人刘克庄，南宋"乐善之士"李富

民族英雄陈文龙，抗清名臣朱继祚……

他们在莆仙的文化史上划上浓墨重彩的一笔

他们是你千千万万浪花中的一朵

他们是你数以万计水珠中的一滴

他们提升着你的高度

他们构成了一条强大的文明之河

他们浩浩荡荡，层出不穷

他们搭建起了莆阳文化的金字塔

你的血液里流淌着文化的基因

你的溪畔流传着一个个引以为荣的科举佳话

你用滔滔的溪水育养了多少英才

你是灵气之溪，是智慧之溪，是希望之溪

更是一条文化之溪

文化木兰溪

你赋予了我们未来的意义

你金光闪闪，如同一个神圣的地标

我们不断地向你靠近，又不断地远离你

你教会我们纯净、明媚

我们是一本本名册

被你一次次捧在手里

我们沿着你的路线，寻找着每一座村庄的乳名

寻找着灵魂深处的春天

如今，疼痛的石头也拥有简历

我们的时光被你重新命名

我们如散落的章节，四处分布，而你是文化的根

将所有的人事，全部

串在了一起。我们终归要回哺于你

你活在我们的心里

闽中的天空上，写满了你的名字

你是梦的载体，奔向兴化湾后

有了更丰富更广阔的内容

木兰溪

你是一条运载我们希冀的生命之溪

你是一条抽刀都斩断不了的文化之河

生态之溪

我修复着河床、河滩、河岸

最初的面貌和雏形

我归还着溪床天然的形态

我将植被重新覆盖在滩地河沙上

我推进着下游 399 条内河与你无缝对接

我清还你源清流洁的水域环境

我让"城市绿肺"拥有最好的肺活量

木兰溪

我保留着河道最原始的乡愁

我把历史遗迹一一复原

我挖掘着南北洋河网灿烂的人文历史

我把山水林田湖草

拉进了人类命运共同体里

我打造着一道又一道的水文化景观

我串联着淡水与湖泊

我以河道为纽带

连接一片又一片的青翠

我将 65 平方公里的生态绿心

纳入我的管辖范围之内

我将水脉、地脉、文脉归整

古民居、古码头、古树、古桥，保留了

原来的居住权

我把安全生态水系不断扩大

6000 亩的荔枝林，运来了

生态之溪

一吨吨清新的空气

我在你的流域

构筑一道道生态、治理、修复和法治防线

每一条河湖的健康都与我息息相关

每一次的育林

都是为了防止水土离家出走

我修补着断头河、瓶颈河的短板

我打通了它们的经脉，拓宽它们的长度

我把易涝点逐一注销

我让草地和林子接管原来的地盘

我让水域和陆域协同作战

我把整洁一一还给道路与河面

我让绿色接二连三地上线

我将污染源一个个核销

我以人民为中心，我把奉献、担当

木兰溪

当成我强大的精神内核和动力

我检查着每一个容易被忽视的角落

清淤除障，引水灌溉，我把多样化的绿道

铺在了你的两岸

我要让你耸立在绿色的布景中

我要让你听见雀鸟由衷的歌唱

我要让翻腾的水，一滴一滴安静下来

享受这静寂而美好的时光

我要为你做一条世间最漂亮的裙子

我要让矢车菊和月季

开满你的每一个清晨

我要让每一只蝴蝶，都为你惊叹

我要让满地的鲜花装扮你的笑靥

我要遇见你最好的模样

我要让你的幸福，在睡梦中，也渐次打开

生态之溪

我看见你沐浴着曙光
我从你的眼里，看见了远方、帆影和大海

我看见你的世界里，有那么多的风景
水和地平线上，都有它们最引以为傲的山峰
壶公山，用侧影，丈量你精神的海拔

你和两岸的生态秩序被恢复
与洪流有关的段落，已被生机盎然的绿
删除

我向涉河违章建筑亮出了红牌
我朝倒向溪河的垃圾发出了严重的警告
我提升着你沿岸的生态环境和水环境质量
你清洗着你干流河道的胃、支流河道的肠

一片片浓荫对着你的明镜梳妆
如今，你时常怀抱丰盈的水源

木兰溪

流淌在云朵必经的路口

这是一场生态的保卫战

大自然的毛细血管，谁都不要去侵犯

保护青山绿水，就是保护人类共同的后花园

你是生态建设的样本

你的清澈和两岸葳蕤的绿

成了一座城市

最美丽的表情

木兰溪的自白

我没有闲置的背景

周边的一草一木，都是我生命里的盛景

我每天都在游走，都在潺湲

千年前，我是一条溪

千年后，我仍是一条溪

我的本质从未发生变化

我的骨骼、性格、信仰、爱好

仍然作为一种媒介或者隐形的物质

保留了下来

木兰溪

最深的山谷会展开双臂将我拥抱

最幽静的树林会朝我伸出友爱之手

天空会悄悄地在水面上

写一封无人能懂的情书

我会像一个含情脉脉的少女

将我最美好最澄澈的一面

呈现给你

一叶叶小舟，就是一只只云朵的鞋子

一只只白鹭，就是一朵朵在风中盛开的白花

我的眼前，有那么多的比喻句、排比句、拟人句

水是一个个汉字

它们可以组合成形容词、名词、动词

感叹词、副词、连词……

它们每一滴都有着

自己的个性和成长经历

它们的面孔相似

却有着不一样的胸襟和抱负

木兰溪的自白

无数个的它们，携手并进，相互拥抱

就组成了一个完整的我

它们把我当成它们的母亲

它们是我一个个神秘的分子

它们有着自己的记忆

它们是一个个的历史事件

把它们汇聚起来时

我就是一本透明的史书

无比恢弘，无比浩瀚，无比壮阔

我是溪，是河，还是江，并不重要

对于哪一种命名，我都欣然接受

名字只是一种符号

我宽阔而深邃的内容

并不会因此改变

我的履历和出生地，不会因此发生变化

我的文化基因，依然会长久地奔腾在

木兰溪

我的血管里

我是一座城市的血脉

我是莆仙文化绵延不绝的亲历者和见证者

不论我是站在源头还是入海口

我给予你的爱，都会是川流不息

都会是独特而深刻的

雨季来临时，我的情绪或许会失常

我内心里的淤泥，可能会降低我的安全度

有时，台风暴雨会改变我的身份

让我成为它们原罪的"替身"

但你千万要记住

这些都不是我的本意

一艘船，一座桥，一棵树，一株禾苗，一个村庄

都是我的心爱之物

如果我不小心刮碰到它们

我会比你更痛彻心扉、肝肠寸断

木兰溪的自白

原谅我，给岸堤、田园、庄稼造成的损害

原谅我，不能永葆风平浪静

原谅我，一次又一次失手把洪流推向堤岸

原谅我，无法为你们上一份保险

原谅我的缺陷

原谅我无法关掉水患的开关

我努力地清洗着自己的肉身

垃圾袋、塑料瓶、玻璃碎片皆是我身上的痛点

有时，枯叶会往我的地盘迁徙

有时，鹰隼和闪电会从我的水面上经过

有时，我引颈仰望

就能看见阳光的恩泽、星星的火把

千百年来

治理始终是贯穿我生活的一条主线

多少人前赴后继，循环不绝的爱和坚持

在我的面前，不断上演

木兰溪

他们如同我身体里的清波
为我写就了一段段辉煌的篇章

而今，你改造了我的水环境
你在我的两岸，描画上了无数的青翠和绿道
你把生态治理、生态保护、生态文明
写进了我的生命里
你要让绿水青山得到永续利用
你用花色装扮着一个又一个季节
我在新时代的曙光照耀下，熠熠生辉
我在你的呵护下，回归了最初的清澈

今天的我，是富足的，是宁静的，是安详的
我身上的每一滴水，都是平等、自由的
你恢复了我的幸福
打通了我体内的每一个通道
我成了你的一面明镜，照耀着
你的波折、成长与荣光

木兰溪的自白

每一个波澜不惊的梦都被我

珍藏在心里。我把黎明和黄昏，都当成

我的窗牖，我倚着它们，可以看见更远的风光

我长流不息，我在每一块流经的地方

都画上了梦想的肖像画

我已不惧骤雨，不畏雷霆

我用一首首流动的诗，温暖着草木的心房

无数的旧事物，浮在我的溪面上

它们微笑着，跟我打着友好的招呼

你疏通了我的每一个环节

洪流，最终被你平息

苦难滋养了我，砥砺了我

你在我的上游、中游、下游签下的落款

成了一道道亮丽的风景线

我用水清，和你对视

你用数以万计的绿之部队

木兰溪

和我一起守卫

辽阔而永恒的四季

守护这座叫做莆田的城市

对于一条溪的爱恋

我用厚重的黄土和沉甸甸的麦穗爱你

我用一整个辽阔的天空爱你

我用四千二百平方公里的土地爱你

我用每一个细胞爱你

我用我的骨头和血液爱你

我用相当于一个省份

一个国家、一个世界的水滴或阳光爱你

木兰溪

我用青春、色彩、拼搏爱你

我替世间每一个弱小的事物爱你

我用莆仙的方言，朝广阔的天宇

大声呼喊你——木兰溪

我用城市绿色的肺爱你

我在每一个经线与纬线交汇的地方

用力地写下

你的名字——木兰溪

我用蕈树和"长苞铁杉"的高度爱你

我用早晨的清辉爱你，用每一束夕光爱你

我用芦苇、清风、小雨爱你

用整个生命的大后方爱你

我是一草一木，我是大山里的岩石

我是鹅卵石……

我是你用肉眼就能望见的所有生物

对于一条溪的爱恋

我是成千上万的文字

是你无穷无尽的果实

是你生生不息的后援力量

我爱你的奔腾，爱你的安静

爱你的呜咽和咆哮

爱你的默默无闻，爱你的一往无前

爱你的远方、诗意和梦想

我爱你的每一寸呼吸

爱你的曲折、蜿蜒

爱你经过的每一道弯

爱你的朴实、大方，爱你的泰然自若

我爱你流动时的模样

爱你打造的每一个地形地貌

我用港湾、山谷、沟壑爱你

我用丘陵、潮汐和岛屿爱你

木兰溪

我用远山的眉黛一如既往地爱你

我用整条溪的月光爱你
我用金属的质感爱你
用最初的幸福和语言爱你
我用外御潮汐之冲、内蓄膏泽之润的镇海堤爱你

我用堤防、涵洞、旱闸爱你
我用源远流长的历史爱你
我用河道、浅滩、沙砾爱你
我用红木、玉器、石雕的光泽爱你

我爱你的丰水期和枯水期
我爱你宋、元、明时期的航运丰姿
我爱你或宽或窄的溪床，爱你的纯洁和透亮

我用巍峨的壶公山爱你
用兴化湾的苍茫、壮阔爱你

对于一条溪的爱恋

我用飞流直下的瀑布爱你

我用满山的翠竹青松爱你

我爱你的完整和缺陷

我爱你沿岸的绿色画廊

你用宽容接纳着我的一切

你从未在我的生命里缺席或者退场

你的从容、你的母性、你的深情

都是我学习的榜样

没有谁能阻挡你前进的步伐

你的心中藏着沧海，藏着千千万万的莆仙人民

你是生命之源

你是人间的一颗初心

从未忘记过自己的使命

我复述着你的一个又一个日常

我把你的骨气、品格、精神、血性

木兰溪

记载下来时，你在我们的稿纸上

在我们的口口相传里

便有了新的海拔

你亲吻着我写下的每一朵浪花

我把你的风姿

刻在东西乡平原和兴化平原的版图里

我未能走完你的全程

却目睹了你坚强、柔软的一面

流动是你一生中最重要的事

润物是你生命中最神圣的仪式

我对你的爱，从你诞生时就已存在

你从古代运回了那么多美好的光阴

你抚慰了云和月的乡愁

你把一扇扇故乡的窗户，通过水的纽带

运送到了四面八方

对于一条溪的爱恋

你流进无数人的梦里
你是他们醒后流下的一行百感交集的泪
你向世界致意，向篱笆、村庄、菜地，输送了
最好的祝福

你记录着妈祖与白湖渡的前世今生
你是莆阳大地一张流动的名片
你经历了尘世的磨难与无奈，你测量着
一座古城的文明

我爱你的每一次侧身而过
我爱你映在晨曦清澈而又小心翼翼的身影
我把对你的爱，堆成了一座座高山
而那一片片的青翠，就是你给我的回信
就是你对于自然和天地最好的解答

展望木兰溪

我站在这里，远处是茫茫的沧海

这么多的曲弯，这么远的路程

我该怎样迈开步履

才能跟上你的步伐

星火在溪面上跃跳，皎洁的月光

将夜安全送达你的面前

而我与岸堤近在咫尺

离黎明还有一段较远的距离

展望木兰溪

风与谷的窃窃私语，由远及近
波浪的声响，被你轻轻地推向地平线
树林更加幽深
夜色此时已深入每一个人的腹地

眺望远方，就是在展望一条溪的未来
溪是我们身体里的另一种光阴
时间的钟声敲响之时
我们已成彼此的故乡

你在仙游山安家落户
你从经营一滴滴的泉水起家
你把水的商铺，扩展到你的上游、中游、下游
你缔造了一个水的集市，水的王国，水的神话
你的胸中激起万丈狂澜
一颗扬帆的进取心，以大海为坐标

你把自己的青春尽数分割给每一个季节

木兰溪

我们和你形成空间上的合力

一场场暴雨的风险

已被我们共同降到最低值

我该用怎样的赞歌来表达对你的敬意

我该用怎样的画笔，描绘两岸的风土人情

一片片雾气被你抬走

每一次的脱胎换骨

都是一次梦想与现实的较量

你闪耀着永恒的光芒

你的记忆，就是这一张张密集的水网

往事集体住在风的下面

我的卑微，与你的浩瀚

形成了 783 米的落差

大大小小的山涧支流，向你汇聚

旧瓦窑、梯田、平原、土堡、古塔、民居……

展望木兰溪

见证了你的蝶变和风华
目睹了你每一次的起飞和成长

如果说经济是一列火车
那么你就是一条腾飞在自然之林的巨龙
你深邃、宽阔、无私
你撬动着时空的支点
森林、天空、山谷、云彩
统统被搬进了你的波心

你从上往下滑翔
你安静地穿过每一道岁月的斜坡
你用独立的精神、冷静的思考、自我的觉醒
引领自己前进的方向
有时，孤独不是孤独，苦难不是苦难
承受得住它们
它们就会变成你蓄势崛起的力量

木兰溪

我站在水里，深陷在有关你的每一个故事中
你复活了钱四娘、林从世、李宏等人
修陂筑陂的情节
妈祖的光辉耀照着你的流域
你贯穿南北洋
在莆田 18 个乡镇留下了美丽的足迹

绕过木兰陂，越过三江口，穿过兴化湾
一条溪有了更好的气象
有了更广阔的舞台，千帆竞渡，百舸争流
你一次次与理想接轨
一条条缆绳，将你的姓名系在了岸上

这是一条与众不同的溪流
你胸襟宽广，心怀苍生
你要的不是锦衣玉食、琼汁玉液的生活
不是奢华的住所或殿堂
不是征服高山、征服大洋的野欲

展望木兰溪

你要的只有一颗平静的心，一颗为民服务的心

如今的你，少了桀骜不驯，多了一份份柔情
你流淌的力度被你自己拿捏得极好
这片原是蒲草丛生的土地，早就换了模样
无数的治水人和你齐心协力
勒住了洪流的脖子，教化了它的性情
你对我们有养育之恩，我们对你有感恩之情

展望你，就是在展望我们的未来
展望你，就是读懂了一种大爱的传承
展望你，就是把一条溪的使命
融入我们的血骨里
展望你，就是学习你的品格、你的襟怀
展望你，就是要做好人水和谐共生的篇章
展望你
就是要把担当奉献、敢作会为的强大精神内核
传承下来

木兰溪

你是经济发展与生态保护平衡统一的见证者

你是美丽中国的一面旗帜

四季需要你，青山需要你

一阵阵波涛里有我们

美好的憧憬

你流淌的是，一页页生命的诗章

所有的露珠，都是你点亮的灯盏

你安慰了迷途中的我们

并把我们的春天

打扮得分外动人

你深情地抚摸着我们

我们的日益富裕与丰收之年，都与你有关

一片片的青翠，如同我们共同展望的未来

它们美得肆无忌惮，美得璀璨夺目，美得生动鲜活

美得楚楚动人

展望木兰溪

你是经济的大动脉

你是子子孙孙赖以生存的生命之源

你早已流入了我们的体内，我们的友谊和爱

闪烁着耀眼的

光

塔仔塔与木兰溪

站在塔仔屿上

我的面前是烟波浩淼的兴化湾

一片片从明朝万历年间传递过来的水声，包围着我

它们捧出我出生的吉时和气象

我因"镇风"和"锁水"而兴起

几百年来，我屹立不倒，涛生涛灭在我的脚下

轮回了一遍又一遍

我对抗着风潮、地震

我抵御着时间的侵蚀

我把所有的美好，都写在你的信笺上

我看着你滚滚汇入大海

我和你靠得很近

我甚至能听见你奔跑的喘息声

我多想抱紧你的一生

静静地看着你的安寂、汹涌和澎湃

我深知一条路的漫长

也知晓你心中的蜿蜒和曲折

更懂得你的襟怀和抱负

我看着时光，一寸又一寸地在

堤岸上长长

我看着东甲的晨光，铺进了你的梦里

每一片黎明，都是我赠给你的爱的信物

每一声海鸟的鸣叫

都是在深情地叫唤你的名字

这一片辽阔的大海，就是你的词典

木兰溪

每一滴水，都是一个大写的汉字

每次，听到你的脚步声
我都会猜想你来时的模样
我用一片又一片的日光
守卫着你的每一片柔波
我用坚硬的石头，作为警戒，拒绝大风大潮的涌入
我是古代的航标，为船只导航指津
当你看见我时，就如同看到了一盏灯
你的方向就不会出现偏差
我沉默着，但我有聆听你叙说的习惯
你的蓝，和大海的蓝，合二为一
构成了一幅和谐的风景

你目睹了明朝时的硝烟和战火
那时，你的睡眠时常被打破
倭寇的劫杀声，震怒了镇海堤的每一块石头
"七墩"记录着倭寇的累累罪状

记载着林龙江的恩德

而我残缺不全的塔角

亦成为一桩历史的证物

飞机的轰炸声有时仍会在史册中停顿

在我的耳畔轰鸣

我挺立着，如同一根倔强的骨头

生长在兴化湾的一角

渔舟一如既往地爱着家乡的风景

海水总是抢先一步说出生活的咸

一些风力，被我偷偷地消化掉

一些雨水，被你反复地使用

木帆船、石船、渔船，翻阅着你古老的往事

落日，将火红的倒影制作成了一封请柬

你滚滚而来，你将文化、土特产、信仰输往了

五湖四海

而我在这个平凡的岗位上，忠于职守，默默地

木兰溪

为你、海浪和舟楫点起光亮

如今，我该如何祭奠那些远去的日子

而你该如何拾回散落的光阴

你是一面流动的镜子

你能映照出我的骄傲、荣光和忧伤

你用你的澄澈、善良俘虏了我

你流入大海的疆域，成了它地图里的一部分

你从来不会被教条束缚，你自由、博大，充满着

圣洁的光辉

风暴，在我的身上，减缓速度

我守着你光彩熠熠的往昔，仿佛触摸到了

爱的根源

我聆听着你倾泻而下的声音

仿佛有成千上万吨的乡愁

正在浩浩荡荡地运来

你穿过了多少座村庄，经过了多少座桥梁

你以怎样的执着，翻开了一页页崭新的篇章
时间未被阻塞
缆绳、岸堤、轮船，赋予了你怎样的意义和力量
你在我的面前，渐渐变得清晰
一座座山，不断地撤退，并成了
我们共同的背景

曾经的雁阵塔，已经远去
崭新的雁阵塔，居住在原址旁，复原着旧时的样貌
我与它相视而笑，一南一北守护着你的入海口
每次看到你奔流入海
我都难掩心中的激动、兴奋和欣喜
此时，我也成了一条河流
有着和你一样的形状
有着和你一样的理想和信念
我感受着你的深沉、你的快乐
时光的火力在我的身上聚焦
即使我斑痕累累，也不会放弃对你的守望

木兰溪

朝阳是我捧给你的一份早餐

你的壮阔，让我震惊

你不失分寸的美

活成了我生命里的一份珍藏

一份永远的素材

你的水光，辐射着我，照耀着我

我保存着你的每一片记忆

我们被妈祖的爱共同护佑着

你能歌善舞，传递着兴化平原的影像

此刻，你已抵达了一种恢弘之中

你光芒四射，所有的潮水都是纪念日

你将一个又一个梦放生

你将一个又一个希冀放飞

没有人知道，你捐献出多少升的水

没有人知晓，为了来到这里，你付出了多少艰辛

鱼群、船舶，说着不同的语种

经济和文化在海洋上交流

你的面相、血源，被所有的水珠铭记

有时，你会在梦里，穿过我的塔身

点燃我无垠的信念

没有谁可以改变你的颜色

没有谁可以让你的步履停下来

你翻山越岭，穿过生老病死

穿过萤火虫用光编织的夏天

你坚守着溪的原则，为自己拉开了一个广阔的舞台

你不忘初心

活得干干净净

而我听着波涛声长大

世界的美妙、明媚和开阔，为你我打开

奔向海天相接的地方

水已不只是水，而是光的一部分

海是我们的课堂，承载着我们共同的星光

站在木兰溪前

我把往事、历史一次次放在你的水流里浣濯

我想看清一些物事的本质和模样

我想通过水的载体，寻踪那些褪色或已模糊的面孔

我想把云朵的梦影修葺一新

我想把你的波澜，投影在我的故乡

我想让你围拢着每一个家园

我想召集所有绿色的部队，把守你的每一个关口

我想守护你的美丽、你的洁澈、你的记忆

我想用每一场迷蒙的烟雨

擦拭你的门窗

你从一个个不同的方向，向我奔流而来
我伸出臂膀，拥抱你和远方
每当我想你时，我的眼里就会流出一条河流
它是滚烫的，是恳挚的，有着和你一样的气度
一样的志向，一样的情怀
它和你一样风尘仆仆
往一个又一个下游勘察。每当我远离你时
你就会通体发亮，如同银光，如同月的清辉
遥照着我

光阴的箭镞无法伤你分毫
一阵阵大风经过你，也只能触碰到你的皮毛
你一年又一年的打算
在树枝、草叶上，萌芽
你熟记大自然的公式和定律
你用洪流这本反面教材

木兰溪

告诉了我们人与生态之间筋骨相连的关系

一个人有一个人的经历和样子

一条溪有一条溪的抱负和理念

妈祖赋予了一条条渔船在海面上劈波斩浪的勇气

你给予了一座城市最美的大后方

最鲜活的血液

当你受难时，整个时光都会略微倾斜、颤栗

数以亿计的水滴，都是你最忠实的拥护者

它们追随着你，抵达一个又一个远方

你用水的法器和苦难一次次对抗

你总是将最好的一面，毫无保留地呈现给我们

你以曲弯的姿态

告诉了我们能屈能伸方能走得更远更久

你默默地整理着水的内务

为每一个渡口，分发着最美丽的晨曦

你接纳着天光，接纳着云影，接纳着尘埃

每一个日子的现场

都会留下你银铃般动人的笑声

宽容、正直、善良、博爱

是流淌在你体内的因子

我在你流动的国土上

接住了果实沉甸甸的梦想

你是匍匐在大地上的一缕长长的炊烟

你将天穹拥入怀中，你将日月星辰含在口中

你将碧绿和蔚蓝穿在自己的身上

深奥的宇宙里，总有你发出的光亮

尽管微小，但仍是指引我们前进的明灯

一片羽毛会将天空追逐

一些树叶会相互梳理对方的情绪

一粒盐，放在湖泊里，便不再是盐

一片海从来不会将小小的石头，堵在自己的心里

你从来不会向任何壁垒和障碍妥协

一条溪有一条溪的原则和处世方式

木兰溪

你宽恕着暴风骤雨

你把秋日的黄昏滋润得如此光鲜而美好

你温婉而强大，任何的苦楚

都只是一种自我捏造的产物

一颗公心，管辖着你的灵魂

你给予我们鲜花与绿荫

你给予我们梦想与歌声

你给予我们闪耀的星辰

你让我们的生命显示出饱满的一面

你滴灌着我们的思想

你流经我们生命里的每一个地址

无论我们身在何方

你总能第一时间通过我们体内的水

找到我们的行踪

乡愁是水，怀念是水，时间是水，村庄是你溅落在

岸上一颗颗永不枯干的水珠

你是一个默默无闻的信差

站在木兰溪前

你将阳光、梦想、希冀，投递到每一个人内心的
邮筒里。你把一片片天空洗亮
你循环不绝，把每一天都过成了最有意义的节日
奉献，始终是藏在你胸腔中的光
时间磨损了我们每一个人的肉身
你却不断地修复着我们的毅力和勇气

你的平静，如同一望无际的旷野
你将一片片水清和岸绿
再次交给我们，我能看见
你的晶莹、你的孤独、你的甜蜜
我能听见你的叹息、你的倾诉、你的旋律
海水无法篡改你的语言和信念
你如一条银河，闪耀在我们的心空
多余的雨水被堤岸一次次过滤掉
绿色的群山，像是你精心培育的幸福
美得那么光彩照人

木兰溪

你的明亮，照亮了漫漫长夜

生活里的忧伤，被你抚摸得失去棱角

我圈点着你最精华的词句

翻阅着你藏在溪底的苦难

我要用篝火和月光，温暖你的旧时光

我用距离保护你，你用温柔回应我

你带走了惆怅，抚平了沟壑，你归还了

我们失去多年的旧影和空间

你含而不露，清而为泉，少则叮咚，多则奔腾

你洞悉着世间万物的变化之道

你是液态的，你是智慧的，你低调自处

从未炫耀自己的长度，从未告知世人你的来处

你是情感的狙击手

打中的总是让我们念念不忘的事物

从任何一个角度看你，你都是明快而旷达的

都是深沉而真挚的

都是睿智而聪慧的

站在木兰溪前

黎明的雀鸟，是从远方归来的游子

一片片水声，如津巴布韦的拇指钢琴般悦耳

两边的树木，承载着漂泊的重量

一片片绿以主人翁的身份

走入了我们人生的上下半场

站在你的面前，仿佛我也成了你身体里的一部分

远方的风暴，被壮阔的爱，消释

你是我水的国，水的故土，水的家园

是我强大的磁场

你澄澈了我精神的水质

给了我持久的恒心和耐心

站在你的面前，你以泥土和植物为教科书

教会我们如何心平气舒地度过一生

你浩浩荡荡往前，把我们的余生

洗得干干净净

石马桥与木兰溪

站在这里，我要如何把一场场急雨消化掉

18 个船形桥墩，支撑起历史斑驳的桥身

南宋的石马驮着厚重的文化

将我一次次修补

夕阳听从你的规劝

将我身体里的光一次次抽出来

桥下的绿洲和石头

石马桥与木兰溪

复述着一个让人痛彻心扉的传说

190 米，被你写在档案里

800 多年的背景，被替换了一遍又一遍

泥沙翻起我的旧姓，你背着一层厚厚的云影

头也不回地走在了我的前方

晨曦的光线，将你打磨得如此锃亮

我看着你，就像在看一面古老的铜镜

乌云经过我们的头顶

一群人经过我们的梦乡

我们和这里的土地有着不可打破的平衡

有时，你会携洪流朝远方奔腾

我的坚守，此时，就变成了某种抵抗

溪水的领地瞬间扩大，像是集结队伍

发动一场侵略

我浑浊的泪水，同样让你的心无比悲恸

我的倒影在你的面前

木兰溪

弯曲，一次次的骨折，一次次的修复
我的桥基，有着深不可测的宿命

我无法抵达你的远方
我只能年复一年，日复一日地
将你的背影储藏起来
我就这样扎进了你的日历里
无数的记忆，编织成了这一宽阔的溪面
你走在蜿蜒的路上，我凭借你的手谕
掌管着这一方多年

我以夕阳为笔，在你的涟漪上
留下我的签名
你的流逝，成为我声带上的一种痛
你像是一种古老的器乐
叫醒了一片片散落在地面上的声响
千年的古榕，唤着你的名字
我把你的相片，小心翼翼地

石马桥与木兰溪

镶嵌在村庄的相框里

归来的舟楫，是我穿在脚下的雨鞋

风不小心掀起的微澜，在最小的桥洞里

留下永难消失的回忆

水草的身上，同样长着时间的风霜

你打开无形的门扉，往前走

黄昏是一盏你打着的灯

我固守在这里，不愿离去

你的每一片波光，都是一封饱蘸感情的书翰

它们被一一邮寄给了天空

邮寄给了远山，邮寄给了过去和未来

历经了尘世的悲苦

一个又一个雨季，在你我的心中，如一片片浮叶

石狮和阿罗汉浮雕唱着梵音

剃度了一个又一个

遥远的日子

木兰溪

你滋润了我的身躯

给了我一座桥应有的身份和位置

你给了我许多的供给

我没有逾越你的边界，我熟悉你的规则

我在你的手掌上，勾勒着无数美好的憧憬

一棵棵嵌进我肉里的树木，靠着信念，活了多年

我修筑着另一个水面上的我

我像风一样刮过自己，像石头一样为自己正名

一块块石碑，雕刻着我的风尘，雕刻着

我的悠悠岁月。时间如同一颗子弹

将我打得千疮百孔

你习惯用你的柔情，望着我

我的影像，一次次，垂落在你的面前

你给予我的快乐和苦难

让我学会了如何承受岁月的千钧之重

我的桥面，就是我坚硬的翅膀

我横卧在你的上方，阅读着

你的美丽、你的青春、你的沧桑
我们相望，又相互传递着
希望的圣火

谁也无法割断我们的情缘
就是雨的利爪也无法让我放弃对你的守护
夕光，是天空洒下的一腔热血
你缓缓流淌，我含辞未吐，比晨光更秀丽的是
你的梦
通过你，我一眼就望见了
绿色的光焰，它们一再将我深情地拥抱
这是我的欢欣所在
也是你一心为万物的存证

你没有流向幽冥，流向虚无
而是一如既往地流向木兰陂，投向兴化湾的怀抱
鲜花与星辰是你辉煌的见证者
一路的草木都是你的史官

木兰溪

你像雷声一样，滚向每一片土地，滚向
沟沟壑壑，滚向生命的田垄

我是时光写下的一行粗糙的板书
秋天的芦花，像是我的白发，在风中飞扬
古老的街道，在我的眼前，停顿
白鹭，穿过我的头顶，朝你飞去
那是我献给你的一朵洁白的花

原始的沙子，在水中雀跃
我找过的真理，并未给我任何明示
旧梦易醒，仙游翻了一个身，你就被浩瀚的诗句
围拢

——每一个词，都是你的快乐
每一个字，都是你存在的意义
每一座桥，都是你的一段文本

岛屿记录失去与复活，我记录你的新生和永恒

妈祖与木兰溪

远处，清澈的海水，闪耀着你的圣光

阳光以它的方式，匹配着一段与你的相遇

陆地和岛屿用洪亮的嗓音呼喊你

一只只木船，满载你的辉光，一一穿过我的故土

有关你的事迹，纷纷落入我的怀中

每一片水花，都能清晰地记住你的懿德

我的流域，装订着你的庙宇

你的光芒注入了我的每一滴水中

木兰溪

大海涌动着爱你的韵律

我则动用全身的血液爱你，我以一条溪的名义

向你诉说绵延不绝的爱

岸上的每一块石头，都是我的故友旧知

堤上的每一棵树木，都是我朝夕相处的伙伴

我们在每一个时间的暗喻里

爱你，我们在你的生平里留守

我们在你的故事里，托举起一片信仰的天空

我们将你写进无数的诗里

你被唤作圣母、娘妈，而我被唤为母亲河

我和你有着相同的母性

每一公里的浪，都是我们要驻守的边疆

所有的劳顿和艰难

都不值一提，你的大爱，终会驱散

一切的苦难

每一朵浪花都在传颂你的博爱和善良

妈祖与木兰溪

你站立在我们的心中

有着不一样的海拔，尘世的鲜花在你的目光里

变得更加澄澈、明亮

有时，我是你精神上的一条支流

我把你的圣洁传递到每一个靠海的地方

我把你的盛名运抵每一座心灵的故乡

我把你的传奇朗诵给五湖四海听

朗读给内陆与大山听

大海与天空，保持着蔚蓝的模样

你把飓风、漩涡、乌云和风暴，举过我的头顶

礁石与帆樯，将你的慈祥，一次次地复述给我听

我的溪流宽阔，你的大爱无疆

水运和商贸助力一种信仰的传播

各地的船只，连成一张水上的星图

拈香祷告，祈求安渡

纵使是怒涛汹涌、浪潮翻滚

也会在你的面前服服帖帖

木兰溪

流淌是我一生要做的一件不朽的事业

江与沟平等，草和树木相亲相爱

高山与流水相互照应

就是一种幸福的事

我和你都在为苍生谋福，一颗干净的心

居住在我的身体里，你的抚爱

历经千百年，也不会被削弱

你用你的光填满众生的梦境，我用我的明镜

照出和你有关的每一页晨曦

黎明和日落，是我的落款或者签注

一种从你身上传递过来的寂静，笼罩在我的水域

我在日日夜夜学习你扶危济困的精神

宽恕雨水，宽恕条条框框，宽恕让人忧伤的事物

你赐给万物的爱无声无息

你放在我水波里的每一道光芒

都会荡漾向更远的地方

妈祖与木兰溪

你的影子在我的心里聚集

懂得爱，充满爱，播洒爱，传承爱

只有爱才能拯救一切，安抚一切

爱是花蕊，是芳香

你救灾救难，剪断了苦难和恐惧的高压线

你给予众人的是春天的曙光

你在精神的世界上空，聚拢着无尽的慈悲

大海和溪河都是你检视的对象

你原宥了我曾经的过失

照耀了我不断向前迈出的底气

你的身上流动着水的气息

你把旭日的光拨给大地

你把你的悲悯化成一滴滴的水珠，放入我的

每一章内容里

你省略了一万场风暴

我挪动着自己的身躯，把水一寸一寸地引入正轨

木兰溪

江河湖海，都是你佑护的对象
你把安宁的灯，放入每一段流域
你是一条精神的河流，你是一片信仰的沧海
你是我们无边无际的星光

远处，你的红光多么耀眼
岁月在我的体内，生长得多么缓慢
我看着星辰和云影长大，我的道路弯弯曲曲
我的腹腔里灌满了风声、水声，我滔滔不绝
打开村庄与城市的明媚与辉煌
而你以温暖的姿势，瞩望我
一片又一片绿意覆盖在我的四周
多么像你为我铺开的绿毯

你有辽阔的爱
我有万顷的碧波，大地有永不会衰退的绿
我载着和你有关的文化、信俗、精神
往远方奔赴

我努力地爱着世间的一切

就像你爱着船舶、渔民、孤岛、贝壳、霞光

以及每一个生活的航海人

十月的木兰溪

曙光慢慢扩散

金黄的田野上，正举行着

一场盛大而隆重的毕业典礼

秋天已经降临，我的祖国，我的故乡

正悄悄俯下身，亲吻我

我的天空交织着静谧

一场又一场秋风远在千里之外

大海在远处朝我招手

十月的木兰溪

天上的每一束光，都是我爱你的符号

十月，我在南方，听见信仰拔节的声音
太阳的光芒，一次次照耀着你的地平线
也照耀着藏在我底下的细沙
五千年的文明，在我的水面上，璀璨生辉
闪着辉煌的足迹

我阅读着
你的沧桑、你的苦难、你的荣光、你的富饶
我穿过一个又一个日子
把丰收的喜讯一一向你传送
土地的宴席上，谷物与谷物的高脚杯相碰
一段又一段美景
被风描绘，被万物收纳与铭记

十月，我把你的风华刻在了我的心里
每一片泥土都在默默写着一段段赞美诗

木兰溪

我把风帆、云彩的影子擦亮
一座座古老的房子将光阴投掷向我时
我已然听见了
它们踢踏的声响
——十月的欢歌，属于大地上的每一个人
每一件事物

十月，我以一条溪流的身份
向你递上我为你写下的诗句
我把两岸的绿，投递给你
我把有关生态的报告，一一向你汇报
我用我的澄澈，向你表达一颗为民的决心
连绵不绝的水流
是我洒下的一腔热血

我在你的照耀下
不断地往前行进
漫漫长夜，也无法阻挡我的步伐

十月的木兰溪

我在岁月的磨铧中，成就了另一个更加完整的我
我在一种喧哗或者安寂中
抵达一个又一个远方

流淌，是一种生活状态
是一种仪式，更是一种使命
我头顶的天空，日夜都在闪耀
世间的美德，被我一一记录在水的簿子里
我出生在何年何月，并不重要
重要的是，我爱我的乡村，我爱我的城市
我爱我的国家，我爱这世上的一切
一如既往地爱，深入骨髓地爱

十月，我在远方，愉悦而温暖
无数写在溪流中的句子，崭新而富有朝气
你的风采，像一座座岛屿，坐落在我的
每一个溪段
为庆祝这美好的十月，花朵娇艳如初

木兰溪

秋天愿倾尽所有的家财，将美丽尽数奉上

无数的风暴曾穿过我的身影

无数的黑夜，曾在我的面前倒戈，被黎明缴械

我心中对你的热爱，无人可以抄袭，无人可以复制

无人可以驱散。我看见早晨挥动手帕，阳光把

最美的吻印在你的脸上

一望无际的原野，盛满了我对你的爱

你用一种宁静与温和，回应着我

水与水携手并进，星辰与大海是共同的征途

各种梦想葳蕤生长

一艘帆船，一根竹篙，以波纹的形式

呈现在我面前

千年以来，我的水一次次被磨耗，又一次次复原

十月，我甜蜜、安分

十月，我穿山越林，为你呈上我的清澈和祝福

十月的木兰溪

十月，一切的流动和波澜

都在涌动着幸福

在你的版图上，我微乎其微

但是我对你的爱丝毫不会亚于名山大川

不会逊于珠穆朗玛峰的高度

水在我的溪床上源源不断地汇聚

我用每一滴甘甜的承诺，去践行初心

我们心连心、同呼吸、共命运

努力去把一个个梦实现

辽阔的东西乡平原

将秀美的风景，一一摊给我看

而时间的流逝，是否要向我说明什么

过去与未来是否不可分割

我以我的方式打开岁月的枷锁

把一个个年份，串成了一条永恒的河流

木兰溪

有时，我的外围全是群山和观众

有时，我的世界阒然无声，记忆、影子遍及溪面

有时，我悄悄地退回过去

搜寻着每一个干净的日子

不管是大水，还是急雨，都无法让我的步履停下来

我要努力地将一方幸福之地打造

石头的档案、旷野的履历，被我藏在我的图书馆里

灰尘与风浪，已经疲惫、幽暗

我用我的身体，盛起了一片又一片的信念之光

我把一次次的挫折和困难推倒

我重构着我的自信心，把命运的水光一次次背回

十月，我用独特的声线和高亢的嗓音

为你歌唱。这一群群义无反顾的水

这一滴滴奔赴前线的流水

这一支支不屈不挠的队伍

把你生命里精彩的语句，一一书写出来

十月的木兰溪

我是你秀丽、光洁的一部分

我是你明媚、壮阔的一部分

篱笆和园地，绿荫和树林，飞鸟和流云

它们把世界的法则一一熟背

一幅又一幅风景，从我的罅隙里流出

一行行热泪，写尽了我们对于理想的激情

十月，我所有的筋脉都是清澈而透明的

我一路飞奔，把一个永不弯曲的你

托起。我要奉献我的真诚、爱和明净

每一座花园，都在遇见光明，赞美山河

我的行旅，更是一支支赞歌

你似一盏明灯，给了我无穷无尽的希望和勇气

我在一如既往追逐梦想的路上

我重复着奔流，重复着相聚与离别

我创作出一件又一件水利作品

我看见星光汇聚在我的流域上

我热恋着我的故乡，热恋着我的祖国

木兰溪

我看见你的辉光覆盖着我的全部区域

十月，你望见我的远方
我看见你的土地上，承载着一片又一片深沉的宁静
一条溪流的未来，多么广阔而耀眼

木兰溪治理纪念馆

我时常在夜里，独自等待你的敲门声

每一缕风都是你捎来的话语

我坐落在你的光阴里，和你一起抵抗苦痛的记忆

我安慰着你的旧时光

你消磨着我心中的每一粒沙石

我以我的方式，留住了你的声响

一段又一段影像，在这里复苏

一条溪的治理路径

木兰溪

像树叶上的脉络一样，清晰可见

往昔的心结，被青绿和水清置换

在大自然的法典面前，你终于可以安心地流淌

多少幽暗的日子纷纷远去

火光点亮远方

我保留住了你的正气、你的品格、你的希冀

你征用了我所有的灯火

一根又一根接力棒

在你的面前，传递下去

信仰的种子在每一块心田播下

你的每一个剪影

都像是留在我身上的疤痕，挥之不去

我的语言是这一张张的图片和文字

你的教诲在空气中传播与扩散

你的新生和坚持，活在村庄、草木、城市的版图里

落日一步一回头地望着你

你温柔地流入心怀泥土的故乡

在这里，你以另一种方式，与我对话

和你有关的每一个现场，我都一一去造访并勘探

一滴滴无形的水，流淌在我偌大的空间里

它们在我的内心

有着另一副长相和姿态

不论是风平浪静，还是水势滔滔，你在我的心中

都重如泰山

我掏出的碎片，正是你的回忆

我愿把你的美与流动的形态，一一展示出来

每一张照片，都是一个复述者

它们有言词，有情感，有叙事的背景

每一个文字，都具备了和时光对讲交流的能力

它们一个比一个沉静

它们有着震撼人心的力量和光芒

它们的内蕴，向众人一一打开

木兰溪

持久不懈的治理，修复着你的美，提亮了你的肤色
你的脱胎换骨，成为详实而生动的案例
成为无数溪流竞相学习的榜样
你的坦荡、宽容、慈爱，成了丰富而深邃的内容
我捕捉着你的笑靥，倾听着你均匀的呼吸
你的不懈、进取，温暖着我生活的每一个片断

我咀嚼着你的辛酸、执着和寂寞
不屈不挠，开拓创新，是你的特征
千年的历史，如同一条永恒的溪流，绵延不绝
黎明的光，一次次被你
推送过来。你是光明与智慧的化身
我手捧着厚厚的光阴
推介着一幅幅深入人心的新光旧影
我在这里获得了居住权
我成了你的一部分，成了你精神上的某种分支

我誊写着你的曲折

我的身上是一幅治理的地图，我镇守着
你的往事，我抽出的每一条线索
都真实而客观地呈现着治水人的决心和奋斗的足迹
我把一个又一个场景
整理，串联起来，我把一个个画面镶嵌在了墙壁上
我如同碑刻，记录着
你的前世今生

我一次次地复读着和你有关的事件
我愿为你效劳，在这里，所有的注视和倾听
都会让我激动而又欣喜
我要把人水和谐的理念推广、扩散出去
我要把习近平总书记对你的关心、擘画和推动
告诉给世间万物
你如此谦逊、勤勉、奋进，我表达着你的思想
我站立在这里，测量着你和我之间的距离
我们之间有着不可言说的默契

木兰溪

时间的雨滴，被我一次次收留

我推开暗门，把你的重量一次次抬到了时代的面前

我不想遗漏任何一个治理的细节

你的软肋被剔除，千年的病症被治愈

我要告诉世人

你和千千万万的治水人都不应该被遗忘

如果我仅仅只是一座建筑

那么你的水为何轻易就能溅湿我的眼眶

你的回声和影子，已然遍及我的每一个角落

我所有的面积，都置放不了我对你的情感

我只能以我的方式

记录着每一个治理的履印

我的库存因为有你的存在

永远不会耗尽

今天，我们彼此照应、关注

我的存在，亦是一种对苦难的胜利

所有的治理过程，都成了我的档案资料

它们如同我生生不息的力量

如同你永不枯竭的水源，会一直照亮未来的征程

木兰溪

给一条溪最深情的拥抱

这里有缓慢而悠远的时光

这里有溪流独奏的钢琴曲

这里的天空，比想象中的还要辽阔

这里的土壤，被绿色不断填空

这里的一草一木，善于遣词造句

这里的水，醒来时是峰峦，睡去后是平畴

春风会离开山谷，土墙会离开村庄

羽毛会离开翅膀

给一条溪最深情的拥抱

但你永远不会离开

你为这座城市贴上了最美的标签

你把生态文明的名片，分给了大地的每一个子民

每一条深流或者浅流，都谨记你的教诲

把奉献写在了生命的首要位置

你、土地、岸，保持着最合适的距离

你们相互依存，把甘美的日子

逐一抬上新时代的封面

流云把一帧帧图像投映在了这里

蒲草把一个个理想放在了最靠近春天的方位

我检查着你的旧事和侧影，我觅寻着那些在

睡梦中倏然消逝的名字

我想一睹梦承载着梦的样子

你在水中写下的每一个大写字母

都化成了人间最闪耀的花朵

有时雨水会靠近雷鸣

木兰溪

有时枯朽的叶子会像大雁一样成群结队地离开

有时，你的心会随着大地的脉搏在颤震

有时，我会停下脚步，认真地聆听你的歌唱

我多想找寻你最原始的底片

我多想让你厚重的历史

——出土，我多想将每一场暴雨降服

把每一股洪涝的势力，清空

让你波平水静，永焕青春的光彩

你的大后方，是一片片广阔、无垠的绿

你把环保的战役打响，把日月的光线——租赁

凋零的事物，在你的面前，簌簌落下

它们临终的遗言，被你——记录

冲锋的春天，火热的夏天

萧瑟的秋天，冷酷的冬天

不管四季如何演绎，如何变迁

都动摇不了你心中的信念

你的征途不会停止，你的梦想不会被更改

给一条溪最深情的拥抱

你的生活，依然焕发着新意
任何恶劣的气候都删除不了你的信仰

炊烟袅起的地方有你
海水镇守的疆域有你
披着万丛绿的大山更有你
有时，你像一条流动的手帕
有时，你突然起身就站在了我的梦里
崭新的你，干净的你，无比温暖的你
向我们传达的分明是人间的大爱
有时，我会看见你亲切而慈祥的脸
有时，我甚至能清晰地听见你的呼吸声
——你离我如此近
仿佛我就居住在你的小区里
仿佛我就居住在你的血管里

此刻，我多想深情地拥抱你
我多想把地球上所有的光亮，都搬迁到这里

木兰溪

我想用绚丽的朝霞敬你

我想将草原，织成围脖，献给你

有时，我们也是你的故乡，承载着你最原始的乡愁

有时，你会低头亲吻水花

把明月最美的画面，一一剪辑给我们观看

此时，我多想给你一个深情的拥抱

你给予了我春光，给予了梦想最高的嘉奖

你赐予了我歌声和美好

你赋予了我最茂盛的花园

我们的心灵在你的濯洗下，变得越来越澄澈

我们是你年轻的种子

是你培育的一道道光亮

我们站在各自的岗位上，为和谐生态站岗

我和你一次次相遇

我与你之间，有着无数次的交集

我和你有着共同的目的地

我们都有着一个形象而具体的大海

你创造着一个又一个奇迹

而我反复回到你的身边，反复地温习着

人水和谐的篇章

你流进了我的生命

你的水光，像极了闪耀的星光

我热爱着你的每一段时光，我像一阵和煦的风

轻轻地抚摸着你写就的字字句句

我们保守着各自的秘密

一艘巨轮终归会靠岸，而我终将回到你的水波里

化成你不可分割的一部分

我深情地奔向你

你直起身，给了我最温暖最美好的拥抱

我目不转睛地望着旭日

仿佛那是你给我的金玉良言

木兰春涨

为春天的到来庆祝、鼓掌、欢呼吧

一场盛大的会议，在泱泱的春水上召开

此时的水无穷无尽

随便翻开都是一段又一段跌宕起伏的故事

水的胜利，时间之河的胜利

春的喜悦涨满了你的胸腔

水滴闪耀，一条条白练挂起，木兰陂的华年

顺势而下，翻涌的浪花，紧紧握住了

舟楫远道而来的讯息

木兰春涨

我看见千军万马在你的领地上集结

我看见一滴又一滴的水，前赴后继，远渡重洋

我看见水创造了历史，保存了历史，延续了历史

水把人类的文明不断地往前推送

水在欢腾，以一种最热烈的仪式

迎接着春天的叩访

它们敲击着木兰陂的键盘

为大自然做了一则最和谐的广告

水的琼花在石上疾跑，乐音不止，白鹭为你

填上了一阕最美的宋词

水，如何成形，如何凝聚，如何由弱到强

都是我们要精心研修的一门课程

千年来，你携带着一颗怎样的心

一次次穿越我的村庄，穿越黑夜的院落

穿越群山的包围圈

即使流动在浊流之中，也不改本色

木兰溪

即使面对礁石与险壑，你的意志也从未屈从

你不断地向岸和时光掷出回响

你用生命唱出了对这个时代最美的赞歌

气势磅礴的大合唱，冲击着内心的琴台

每一个指挥和伴奏，都那么热切、真挚

一座又一座梦的花园，在水面上筑起

星星与黄昏降临在你的水波上

你教会了万物谦卑与勇敢

我把形容春天的词一次次投向你的波心

你擂响水之鼓，热情地回应着我

堤岸、荔枝林和田畴成了你最好的朋友

所有的生命，都靠水的乳汁

活着；所有的飞鸟，都从你的课本上

汲取到了智慧和力量

柔软的水，婉约的水，灵性的水，仁慈的水

木兰春涨

它们没有闪烁的王冠

没有山的海拔，但是它们万分团结，心系彼此

它们隐秘而富有哲理。此时，你用巨大的轰响

和我们对话，与我们交流

你用最滚烫的语言，表达着对春天最火热的情感

你的声音富有磁性

你流淌的姿势

像极了我们所要寻找的一种精神遗产

水与水相互携手，打通了一条千年的血脉

此时的你是舞台，是我们关注的焦点

你行走的每一步，都在佐证着

柔软中的坚韧可以打开每一扇石头的窗口

你飞跃而下，水珠飞溅

你隆隆的声响，在大地的雨衣上

冒起隐隐的青烟

透明中的自由

木兰溪

有着最圣洁的光辉

你的柔韧，才是最坚不可摧的部分

你的词句和标点符号

现身于水中，参与了我们生活的每一个环节

世界的风，无法吹皱你的倩影

它能吹走的也只是

世间的嘈杂、虚幻的泡影

你仍在奔流，以一种喧闹和欢腾

缔造了一种气势上的美

你的力量，你的纯洁

回馈给我的是万般的美好

路途蜿蜒、曲折，但是你的信念和意志从未缺席

云影，在你的面前，漫步

满山的绿，沿岸的绿，都在为你注解

都在为你诠释一种最美的修辞

每一滴水，都是你发表在这个世界的作品

木兰春涨

无数的水在这里宣誓

它们的誓言铮铮作响，惊天动地

美妙的乐章，在这里一次次跳跃

持续不断的声响，像一条生命线一样

把每一个梦，都系在了一起

往前，是更大的场地——花团锦簇，海阔天空

微绿的光，皎洁的事物，在远处

辉映着你的影子

闪在你眼眸里的亮光

究竟藏着怎样强烈的感情

阳光在反复彩排，春天的光催化着万物与生机

一种生命的光环

就这样转接到你的身上

你对自己身世的修复

你对每一滴水的理解、宽容和支持

都让你的舞台变得更宽阔

群星保护着你心中最本真的模样

木兰溪

溪床上，苦难被解雇

时光被推迟，梦想被延续

你传承着古老的文化，传承着人间的真善美

传承着人类对于土地难以割舍的情感

一场又一场的革命风暴，被你铭记

向前，不代表着遗忘

每一缕旭日的光芒，都让你的步伐更加坚定

天空的蔚蓝，探向你

夕阳金色的影像，投入你的镜头

春天的词语，在这里一次次盛开

一种风采在众人的心中不断上升或者展现

你的美丽，你的气势，你的奔腾

接收着我们一次又一次的赞叹和掌声

每一滴水，都是你欢喜的一部分

每一条细流，都在诉说着你最初的坚持

大地的心脏、脉搏跟随你的节奏在跳动

木兰春涨

你一身明净

把一种阔步朝前的欢乐

把奋斗不息的历程

——播放给我们看

你是向上的力量，你有一往无前的勇气

你秉持着初心，奉献着真诚

你把春天的旖旎，直播给蓝天白云观看

你把水的诗词，朗诵给白昼听

你把所有的梦，都一一向我们敞开

你是我们学习的榜样

你智慧的荣光

让我们戒掉了慵懒，戒掉了悲伤

你让一种激情在我们的心中再次苏醒

再次焕发活力

你在我们生命的上空破晓

一种信仰的光辉，通过你

木兰溪

穿透了我们运命中的重重壁垒

我眼前的壮阔、明朗、澎湃
都是你连夜写就的一首诗章
我所有的希望，都在你的水面上汇集
你孕育了我的文化，你留驻了万物的美
一支支光的箭矢，射中我们的何止是美好
更是一次次丰盈而伟大的创造

风替代了我的亲吻
你推倒了我的坎坷
我的眼睛里，燃烧着你千年百年的光阴
我爱你的心，可以铺成一片苍穹
可以深邃如一片夜空

一段又一段的水在集合
一片天色衔接着另一片天色
我为你的奔腾而高兴

木兰春涨

你为我的再一次造访

而击缶，而泪流满面

——水中，藏着我们共同的故乡

你激情澎湃的回响

正是游子们最热烈的心声

你是生态文明的践行者

这是一条溪流的期待

——"人水和谐"的生态新图景在这里绘就

你打造出全国生态文明建设的木兰溪样本

生态保护，在我的四周，扎下了根

绿色，从此定居了下来

大音希声，我默默地

传递着"自然一体，和谐共生"的理念

我的每一个细胞，都在为生态建设

疾呼、游走、效力

我与土地的关系密不可分

我以一束光点亮另一束光

我以一种宽阔租赁另一种宽阔

远方与我有关，万物与我血脉相连

你擦掉了我身上的锈迹

你点开了我的属性，你给了我一个新的朝向

水脉、绿脉和文脉

兵分三路，为我们的未来冲锋陷阵

我用波光粼粼的水当序跋

周边的翠绿，是你谱写的乐章

大自然的光抚照着我的灵魂

辉映着我变化莫测的生命

明月是皎洁的缔造者，你是生态文明的践行者

我的衣褶里，藏着你所要找寻的水环境

你像接近一种信念一样，靠近我

木兰溪

你小心翼翼地打开我的眼量、胆量和气量

我握着一个时代精神的桨

呈现一种无可比拟的美

我居住在你的背景里

栽培着一个个茂盛、丰实的梦

我是经过你润色的华章

我是你捧在掌心的一部杰作

我监测着生态的体温，把鸟鸣声录入树林的典籍里

我以我的明澈去爱世间的一切

你以你的决心和信心，开垦出一片片绿色的地带

你调试着水的脚本，你清洁了我的余生

你净化了我的生活环境

你给予了一株株绿草新的地盘

你复原了湖水的澄净

你提高了经济社会发展中的"蓝绿"比重

你拉近了人与自然、城市与自然之间的距离

你是生态文明的践行者

你提升了一座历史文化名城的颜值和气质

"生态优先，绿色发展"的标签
贴在了经济发展的封面上
植物的血管里流动着我的因子
我的溪床上，留下了四季的具名
我忘记伶仃，忘却忧伤，只为奔赴宽广的远地
是你让我再次遇见了不曾退却的心愿
是你把开阔明朗的蓝天装进了我的世界
风暴再也无法在我的面前逞狂
我用绵绵不断的水流，编织着新时代的梦
我用一种丰沛去疗愈一种创伤
我建造了波浪，推倒了苦难
我把曦阳的光影，搬到了我的长卷之上

水在这里孕育、出生、成长、远行
鸥鸟的掠影，已然有了最美的修辞
一座座桥梁，是我握住时光的一把把钥匙

木兰溪

桥墩支撑着你密密麻麻的记忆
我以不同的形态，走入了千家万户
润泽了每一颗心

我把黎明和夕光描绘在我的皮肤上
我把石头和瓦片的回音——收入在我的波纹里
我收留了每一滴从我头顶路过的雨珠
我的前方，并不会因为路径的更改，而消失
你调配着我的水资源
让我的词和符号有了更多重组的空间
你把生态保护的代码装置进我的程序里

碧水蜿蜒，青山披翠，你用绿装点城市的底色
生态屏障和水源涵养区，拓展着一条又一条新战线
一山一水，都是你坚守的阵地
你维持着生态的秩序
你设立着保护自然的指南针
白鹭衔来了我的体检报告单

你是生态文明的践行者

是你消掉了我的病灶，减去了我冗余的光景
是你让我的一切指标恢复到了正常的数值

我绕过千年的隐喻
万物宽宥着我往昔的过错，你把我错失的美好
逐一交付到我的手上
我退回到每一个需要我的地方和位置
你拯救了曾经迷惘的我
你让我和过去的光阴一一和解

你阅读着我的风华
我身上闪光的部分，被一一圈点出来
蔚蓝和青绿，扩大了它们的版图
我所期望的美，正在风雨兼程地赶来
污染向治理投降
我乘势而上开启新的伟大征程
你以我为坐标，书写着新的壮丽、新的辉煌

木兰溪

阳光照出了我的神采

我协调着土壤与丛林的关系

我装饰着紫荆花和蓝花楹的梦

我听到了你的召唤

我义无反顾地跟着你投入到

一场生态保护的革命中

我的劳作和奋斗，仍将继续

我头上的日月，依然会为你我发出最亮的光芒

你解开了我的水密码

我潺潺的溪流，奔向了更好的前程

你填写着我的深沉、我的履痕、我的朝夕

一个个洁净、葱绿的日子将我热情地环抱

我的灵魂在上升，我是新生的

你还原了我的本质，远比我奔赴大海的意义

更远大

你是生态文明的践行者

——我的履历被摊开，一颗为民的初心始终不忘

我们的征帆已然鼓起

我们对生态的追求从未终结……

后 记

精神之溪

倪伟李

溪流，是一座城市的精神符号和心灵图腾。

溪流，是一座城市兴衰荣辱的见证者。

溪流，是一座城市文明的摇篮和发祥地。

溪流，延续了历史文脉，坚定了文化自信，里面的每一滴水，都是一个事件的亲历者。一滴又一滴的水，在溪流中工作、运动、腾跃，它们活动的轨迹，会对一座城市的历史产生不可名状的影响。

有时，溪流就是一列往前行进的火车，她的速度时缓时急，你会不时听见她哗哗作响的声音，她一直往前，从不耽误自己的行程，她有着自己的使命和原则，

后记

她不会因为路上遭遇巉岩或者路障，而退缩或者改变自己的志向，她的心中始终藏着家乡的影像，藏着人民的冷暖，藏着故地的光芒。

一条溪流低调、内敛，她的远方是一片片幽蓝的海，她一路磕磕碰碰，穿山入林，她会把苦难化成我们精神的盐分，她还会把我们的梦想彩绘成一片灿烂的霞光，她一次次擦亮我们张望世界的眼睛，她是我们清点不尽的财富啊！

一条溪流，她一心一意为世间万物服务，一寸又一寸的光阴，在她的手中，都会变成耀眼的光，她会把雨水的精粹充分利用，让青绿以最美的姿态，走入我们人生的封面或者扉页。

一条溪流，就是一座城市的大动脉。跨沟壑，跃深潭，征远途，一条溪流就是一座城市的精气神，一滴水的世界丰富而多彩。一条溪流会将波澜壮阔的往事搬入城市宏大的叙述里，将大地的辉煌史一一演绎。

在一条溪流里泛舟，你会不断感受到她的暗涌和流速，闯入你视线里的景色，它们会像花朵般，一一进入

木兰溪

你的内心，它们如何绚烂，如何美丽，都是你心中动人的写照。饮着夕阳，闲看远山如黛，你和我一起步入无边的田畴里，共赴漫漫征途……

一条溪流，她会铭记家乡人民的苦痛，她会用她的豁达和温情，悄悄地疗愈土地和生活的创伤。一条溪流的身上，流淌着勇于担当、坚韧不拔、奋勇向前、齐心协力、永不言弃的精神。

木兰溪就是这样的一条溪流，她骨子里的血气还在，爱、光明、梦想，仍存留在她内心的磁盘里。20 年的治理历程，让曾经利害相生的她，彻底改变了模样，她成了一条真正为民造福的溪流。她串起了久远的历史，她把历代治水先贤们的精神传承了下来，她把生态和文明无缝衔接，她把幸福和希冀串联了起来。

"生态绿心建设，汇集了水脉、绿脉和文脉。以木兰溪为轴线，以莆田天然形成的水系和特色人文为基底，均衡中心城区生态空间布局，重新雕塑城市生态功能，拉近人与自然、城市与自然之间的距离，把生态效益变成广大市民看得见、摸得着的福利。"如今的木兰溪，正以一种全新的姿态，进入了大众的视野，她像一位雕刻家，把莆田雕琢得越发美丽。

木兰溪，葆有一颗初心，一种为民服务的决心有增无减；

木兰溪，以她的柔韧，打开了一个又一个全新的天地；

木兰溪，以她的勤劳、奋进、智慧、果敢、无畏，书写了一页又一页灿烂的历史。

基于木兰溪在莆仙人民心中的重要性，我萌生了写《木兰溪》这部诗集的想法，这是我文学创作生涯中的一个重要转折点，尽管过程困难重重，但木兰溪传承给我的那种坚韧和百折不挠的精神一次次感染了我，给了我毅力和勇气。

感谢莆田市人民政府、莆田市政协领导对《木兰溪》这本书籍的大力支持。

感谢莆田市政协办公室副主任郭碧仙尽心尽力的无私帮扶，《木兰溪》一书得到了她的关心和帮助；感谢好友林福粦一直以来对我的关照；感谢所有给过我帮助的亲人、朋友和同事。有一种温暖，会像一束束光一样，照耀我内心最柔软的角落；有一种鼓励，会像甘霖一样，滋润我的整个大地；有一种恩情，会像木兰溪的水一样，在我的心中一直流淌下去。

千年木兰溪，教会了我们太多，她永远潺湲在我们的心中。她是精神之溪，是智慧之溪，是生态之溪，是文化之溪，是一座立在水中的丰碑，她深深地拨动着莆仙人民的心弦，她用她的真、善、美，为我们谱写了一支支千年的歌谣；她用她的乳汁，无声地滋养着我们；她用她端正的言行，为我们树立了道德的榜样；她用她的澄澈，告诉我们要洁身自好，心怀天地，坦坦荡荡做人做事……

一条溪的风骨永远在我们的心中留存。

一条溪，给了我们最高的礼遇，万物在她的心中，皆是平等。

木兰溪，见证了我们的过去，也指引了我们的未来。不管我们走到哪里，都会带着她，因为她早已与我们的筋骨、血脉相连……